맹 자 야
제 발   덕 분 에

맹자야
제발 덕분에

정미경 소설집

| 차례 |

고 요 한
일

노아가 농업을 시작하여 포도나무를 심었더니

포도주를 마시고 취하여 그 장막 안에서 벌거벗은지라.

가나안의 아비함이 그 아비의 하체를 보고 밖으로 나가서

두 형제에게 고하매

셈과 야벳이 옷을 취하여 자기들의 어깨에 메고 뒷걸음쳐

들어가서 아비의 하체에 덮었으며 그들이 얼굴을 돌이키고 그

아비의 하체를 보지 아니하였더라

　　　　　　　　　　　　　　　- 창세기 9장 20-23.

1

　꿈속에서나마 한 번쯤 만나고 싶은 이가 있고 꿈에서라도 결코 마주하고 싶지 않은 이가 있다. 그들이 동시에 꿈에 출현한 것은 얼마 전 일이다.

　평생 꿈꾸었으되 우연이나 실수 혹은 덤으로조차도 수원과의 만남은 성사되지 않았다. 이십 대 때 뚜렷한 이유도 없이 등을 돌렸던 그가 꿈속에서 배시시 웃으며 수줍게 손을 내밀었다. 손을 잡고 이끄는 대로 따라간 곳은 이사보였다. 말없이 어깨를 기댄 채 나란히 앉아 있곤 하던 곳이었다. 마지막으로 갔던 날도 그랬다. 그의 어깨에 머리를 기댄 채 한없이 따사한 햇살에 뺨을 내맡기고 살얼음 깔린 이사보를 바라보았다. 햇살은 그의 어깨의 체온과 더불어 평생 미윤의 얼굴에 남아 있었다. 다음 순간 다른 이의 등장으로 수원은 사라졌다. 말 한마디 나누지 못한 채였다.

　진회색 양복을 입고 하얀 와이셔츠에 검정 점무늬가 박힌 진한 잉크색 넥타이까지 맨 아버지는 성장을 한 채 예전에 살던 동네의, 미윤만이 알고 있던 좁은 골목 막다른 곳에 서 있었다. 무수한 골목들이 미로처럼 이어지던, 특히 그 길은 사람들과 마주치기를 꺼려하는 미윤이 애써 찾아낸 곳이었다. 미윤은 그 길로 출퇴근을 했었다. 평소와 같이 뚫어지게 땅을 내려다보며 걷다가 막다른 그곳, 왼편으로 꺾는 지점에 이르러 고개를 들었을 때였다.

아버지가 벨트를 풀었다. 아니 이미 풀려 있었던 모양으로 양복바지가 스르륵 내려가며 그의 성기가 드러났다. 미윤은 예의 그 무심함, 생전에 어머니가 독기 품은 것보다 더 독하다던 무심한 표정으로 아버지의 성기를 바라보았다.

아하, 저기가 조금 전 증언한 어르신이 말한 푸다다다닥 달리다 토로로로록 사라졌다던 도깨비불 떠다니던 곳인가?

미윤은 동생 희윤의 실감나는 소리에 탄복하며 운전석으로 고개를 돌렸다. 짧은 커트 머리를 하고 목이 시원하게 드러난 흰 브이넥 면 셔츠를 입은 희윤의 귀에서 커다란 금 이어링이 달랑거렸다.

언니 저기 좀 봐, 안개, 죽인다. 환상이야. 지금은 흙이 쌓여 얕지만 옛날에는 저 용소박이 수심이 명주 한 꾸리가 풀릴 만큼 깊었다잖아. 맞다. 언니 여고 시절에 수원 오빠랑 자주 갔던 곳 아니야? 오빠랑 연락은 하고?

아차 싶었던지 흘끔 미윤을 돌아본 희윤은 목을 뽀옥 늘여 희우우우 희우우우, 꾸우우우 꾸우우우 하는 소리를 뽑아내기 시작했다.

이 소리는 잘 안 나오네?

몇 번 반복하던 희윤은 꽥꽥 목을 고르다 빨대 꽂힌 생수병을 입으로 가져갔다. 희윤은 어릴 때부터 목청이 컸다.

대여섯 살 즈음에는 소리꾼이 찾아와 소리를 시켜 보겠다며 간청한 탓에 수양딸로 보내기도 하였다. 여고 시절에는 연극 단원으로 무대에 올라 제법 이름을 알리기도 했다. 성격이 활달하여 늘 사람들에 에워싸여 그들이 청하는 것은 무엇이든 들려주었다.

하는 짓이 지애비허고 똑같다. 애비란 사람은 공옥진 병신춤 흉내 내고 다니고 딸년은 거지 타령한다고 저 야단이고.

어머니의 잔소리가 한탄조로 바뀔 때쯤 희윤은 거지 타령이 아니고 품바 타령임을 강조하며 아버지와 자신의 행위는 흉내를 넘어 예술이라고 항변하곤 했다.

귀기 들린 듯도 하고 한 서린 듯도 하고, 거칠고 무례한 말을 거침없이 쏟아내는 사람이 어쩜 그렇게 섬세하고 정교한 소리를 낼 수 있지? 어르신이 내는 소리는 아닌 것 같아.

어르신이란 다섯 번의 시도 끝에 만남이 성사되어 이제 막 인터뷰를 마친 증언자로, 처음 전화가 연결되었을 때부터 현란한 소리들로 미윤을 혼란에 빠뜨리며 한사코 증언을 거부했던 서 씨라는 성을 가진 노인이었다.

시방 48년 가을 저그 여수에서 터진 그 사건 때 학살된 사람들, 피해자들의 증언을 받겠다는 거 아니라고. 우리도 해당은 돼. 아부지라. 사람이 없어. 당사자가 없단께. 죽고 없는데 어떻게 증언을 해. 답답한 일이네.

무어라 응대할 틈도 없이 서 노인은 전화를 끊었다. 노인들과 통화를 할 때면 버튼을 잘못 누르거나 휴대전화기를 떨어뜨리기도 하여 왕왕 발생하는 일이라 미윤은 다시 연결을 시도했다. 왜 또 전화를 하느냐는 서 노인의 타박에 미윤은 당시 학살당한 아버지의 상황을 이야기하면 된다고 조심스레 말을 건넸다.

누가 죽어. 우리 아버지가 죽었다고? 어떤 시러베아들이 그런 소리를 해. 어디 그놈 한번 만나 보드라고.

나야말로 궁금해 환장하겠다며 그 사람을 대령시키라다그치던 것이었다. 느닷없는 상황에 미윤은 당혹했다. 서 노인은 흥분된 목소리로 계속 말을 이어갔다.

나 같은 사람이 겪은 일은 보통 사람들, 그런께 정상적인 놈들은 안 믿어. 예를 갖춰 말을 해도 진중허게 허면 헐수록 더 미친놈 취급해. 그렇다고 그 사람들 탓할 것도 못돼. 지그들은 겪어 보지 못했은께. 상상이나 허겄어? 그 사람들한테는 그 일이 저그 바깥세상 일이라. 지금에 와서는 나도 잘 모르겠어. 원체 터무니없고 혼란스러운 사건인께, 그것이. 흰소리 그만허고. 다 잊어부렀어. 그래야 살았고. 통 속 시끄러운께 끊으시오.

분노에 차 있음을 분명히 느낄 수 있는 어투로 서 노인은 마치 오랜 세월 준비해 온 것처럼 또박또박 말했다. 통화를 이어 가는 것은 더욱 자극할 뿐이라는 생각에 미윤은 그쯤에서 설득을 멈추고 다른 증언자들의 구술을 먼저 진행하기로 했다.

대상자 서른 명 가운데 미윤이 첫날 구술자로 선택한 이들은 두 사람이었다. 둘은 대상자 중 고령이었고 면 소재지에 위치한 당시의 거주지 또한 같았다. 다만 한 사람은 고향에서 쫓겨난 뒤 인근 시에 정착하여 터전을 잡은 반면 다른 한 사람은 평생을 외지로 떠돌다 두어 해 전에야 마을에 안착했다. 면 소재지는 미윤에게 각별한 곳으로 한때 아버지의 무대였던 곳이기도 하려니와 미윤이 부산에서 전학해 와 잠시 다녔던 초등학교가 있는 곳이기도 했다. 미윤은 다음 증언자들에게 전화를 돌려 일정을 잡았다. 다음 날 이른 아침 서 노인에게서 전화가 걸려 왔다.

우리 아부지 갈 때가… 죽은 것이 아니여, 동짓달이라. 무작허니 추웠어. 물 묻은 손으로 문고리를 잡으면 뜩뜩 들어엉겨, 그러고 추울 때라. 근디 우리 아부지가 맨발로 나갔단께, 발이 얼마나 시렸을 거여. 그 생각을 하면 이 가슴 팍이….

애써 묻어 둔 그것을 어찌 용케 잊고 산다 싶었는데 그게 아닌 모양이라고, 전화를 받고 밤새 뒤척이다 아침을 맞았다던 것이었다. 이제 와서 어쩌자고 꺼져 가는 불씨에 불쏘시개를 집어던지는 것이냐고 윽박질렀다. 마침 그날은 오전에 약속한 증언자가 그 시간에 치과 치료 받으러 가는 것을 깜박했다며 식전 밭일 나간 김에 해 버리자고 밭으로 오라던 것이어서 새벽같이 일어나 부산을 떨던 참이었다. 다시는 연락하지 말라고 단단히 이르는 그에게 미윤은 죄송하다는 말만 거듭했다.

6개월 간의 용역 사업이 막바지에 이르러 동료들을 독려하며 남은 명단을 살피던 중 미윤은 서 노인의 존재를 상기했다. 전화를 걸어 그간의 안부를 묻고 언제쯤 시간이 되는 것인지 정중히 물었다. 딸네 집에 와 있어 사나흘 후에나 돌아갈 것이라는 그의 말에 미윤은 휴대전화기 캘린더에 나흘 후 날짜를 메모하고 알람을 설정해 두었다. 그런데 하루 앞서 서 노인이 연락을 해 왔다.

무단히 전화해서는… 나가 또 잠을 못 잤어.

쩌렁쩌렁한 소리로 늘 미윤을 제압했던 그의 목소리에 힘이 빠져 있었다. 미윤은 어떤 일로 딸네에 갔느냐, 딸은 어디서 살고 있느냐, 모처럼 손자 손녀들 만나 즐거우셨겠다는 등 연신 그의 기분을 살피며 전화를 끊어 버리지는 않을까 노심초사했다.

거두절미하고… 나가 잠을 못 잤다니까 그러네. 그때 이사보에 얼음이 얼었어. 아부지랑 논에서 이랑을 고르고 있는데 한쪽에서 얼음에 금이 가면서 짝짝하고 찢어지는 소리를 해. 그 소리가 들릴 만큼 고요했다 이 말이여. 근디 그때 탕 하는 소리가 나. 그쪽으로 돌아본께 저쪽 한길에서 총을 든 사람이 다시 한 방 탕 쏘면서 손짓을 해. 오라고. 아부지 말이 수도경찰이라등마. 허겁지겁 집으로 온께 할무이가 막 아부지한테 달려들어. 어이 금방 그것이 뭔 소린가. 부른께 가 보기나 헐라요. 이 사람아, 그래도 관에서 부른디 양말이나 신고 가소. 금방 갔다 올 건디 뭐헌다고 구찮게 그런 걸 신는다요, 핑 허니 갔다와 불라요. 울 할무이한테 그럼시롬 갔단께. 마치 칙간에 가듯, 자신이 어떻게 될 거라는 추호의 의심도 없이, 금방 댕겨올 것처럼 고무신 끌고… 나가 아버지의 맨발을 지금도 기억해. 이것이 끝이라.

서 노인의 말에 귀를 기울이며 미윤은 만나야 한다는 말을 전할 틈을 노렸다.

그날 밤 할무이가 아부지를 기다리느라 샐팍을 수도 없이 들락거렸어. 그 통에 나도 잠을 못 이뤘제. 어쩌다 살풋, 거짓꼴로 잠이 들었는데 뭔가 텅 하는가 싶더니 뭣이 빠개지는 것 같은 소리가 들려. 그 바람에 잠이 깼어. 얼음 금가는 소리 맹키기도 허고 또르르륵 유리알 구르는 소리 같기도 허고…. 하도 요란해서 전쟁 난 줄 알았어. 다음 날 눈 뜨자마자 이사보로 달음질쳐 갔어. 여기저기 구멍이 뚫리고 얼음이 둥둥 떠 있등마. 고요해. 간밤 그 난리통을 겪고 희부염한 안개 속에 싸여 태곳적처럼 고요했어. 그런디 그 새벽에 안개 속에서 허연 것이 아른거리는가 싶더니 희우우우 희우우우 하는 소리가 들려. 이제 와 허는 소린디, 참말로 처음 허는 말인디 거짓꼴 하나 안 보태고 그것이 말이시… 근께 그게 우리 아부지 소리 같은 거여. 근디 그럴 리가 없잖은가 이. 형체가 없는디? 나는 홱 고개를 틀고 외면해 부렀어.

당시 마을 지서에서부터 경찰서, 감옥 안 가 본 데가 없어. 소용없어. 알 길이 없단께. 흔적이 없어. …피해자가 일만천 명이 넘는다 그래. 정부는 이천 명이라고 발표를 했제. 국가는 내일이라도 영 그러니까 빵 명이라고, 사망자가 전무했다고 성명을 낼 수도 있어. 언제든지 뒤집을 수 있는 게 국가라. 근디 사람들은 그 국가 말을 믿어. 우리 아부지는 저 숫자에 들어가 있을까. 그조차도 포함되지 못 허면 대체 어디에 있단 말이여. 어떻게 그럴 수가 있나. 그렇게 우리 아부지는 증발해 부렀네. 애초에 이 세상에 없던 것처럼 가뭇없이 사라져 부렀어. 어디에도 이름이 없는 한은 우리 아부지는 세상 사람들에게서 망각된 존재여. 그것처럼 무서운 것이 있겠나. 지금에 와서 어떤 사람이었는가, 이 세상에 존재허기는 했는가, 그 어떤 것도 증명할 방도가 없어. 당신이 이 세상에 와서 살았다는 이야기가 없으니까. 우리 아부지 행적을 기억하는 사람이 단 한 사람도 없네. 한 시대를 한 마을에서 부대끼며 살았던 사람들조차 침묵해 부러. 아부지를 기억하고 이야기허는 것이 금기였은께. 근디 나가 시방 뭔 말을 헐 거여. 이것이 끝이라. 통 속 시끄러운께 끊자고.

　서 노인은 그날 한 시간 여를 쉴 새 없이 이야기했다. 70
여 년이 지나도록 생사를 알 수 없는 아버지의 어떤 이야기
도 갖고 있지 않다며 완강하게 거부하면서도 아버지가 집
을 나간 그날부터 다음 날 새벽까지의 상황을 혼란에 휩싸
인 채 끊임없이 반복했다. 서 노인은 사물의 소리를 곧잘
흉내냈다. 소리들에서 기억을 찾으려는 듯했다. 소리 흉내
내기는 아버지의 흔적을 놓치지 않으려는, 그 속에서 어떤
기미를 발견해 내려는 몸부림처럼 보였다. 아버지 생에 의
미를 부여하려는 시도같기도 했다.

　서 노인은 자칫 아버지 삶을 곡해할 위험이 있어 말을
하는 것이 두렵다고 했다. 망구의 세월을 살아오면서 아버
지의 생존 가능성을 우김질할 때마다 억지소리라는 걸 알
면서도 그날의 생생한 모습을 떠올리면 결코 생소리를 멈
출 수 없었다. 아버지를 대신하여 증언하는 한 곡해는 생길
수밖에 없고 아버지에 대한 또 다른 폭력에 다름아니었다.
아버지는 어떤 최후를 맞이하였든지 간에 자신의 기막힌
사정을 알리고 싶었을 것이다. 당사자가 아닌 한 어떤 말도
진실에 닿을 수 없고 소외될 수밖에 없다. 한 개인의 치부
를 드러내는 것으로 끝나 버릴 수도 있다. 사람들은 언제나
법이니 이성이니 하는 것들을 내세워 심판하려 들기 때문
이다.

서 노인은 속 시끄럽다며 끊자고 하면서도 머뭇거렸다. 그 틈에 미윤은 마지막 증언자만을 남겨 두고 있으며 서 노인을 끝으로 사업이 마무리될 것임을 알렸다. 뜻밖에도 서 노인은 변덕스런 망구로 하여 그간 고생했다고 말하며 순순이 자신도 일정에 맞추겠다고 했다.

서 노인은 만나자마자 예의 당사자가 없음을 내세우며 손을 홰홰 저었다. 희윤은 당황한 기색을 감추지 못하는 미윤을 끌고 안으로 들어서는 그를 뒤따랐다. 거침없이 거실 소파 앞에 자리를 잡고 앉아 희윤은 캠코더를 꺼냈다. 희윤이 서 노인을 향해 금테 안경이 잘 어울린다며 돈 많은 회장님 같다고 하자 열적게 웃었다. 일시에 유순해졌다.

인자 그거뿐이여. 통 들먹이지 말소, 나가 가슴이 울렁거린단께.

캠코더를 곁눈질해가며 비교적 충실하게 인터뷰에 응하던 서 노인은 사건 당시 마을 분위기를 묻는 부분에 이르러 고개를 외틀어 버렸다. 묵묵히 앉아 있는 미윤을 흘끔 바라본 서 노인이 입을 뗐다.

묻지 마소, 그냥 기가 막히네, 그때 그 추위라는 것은… 문고리에 손이 엉겨붙는단께. 동짓섣달 추위라.

미윤은 더 이상의 질문은 의미가 없을 것임을 알았다. 그는 예의 같은 말들을 계속 반복할 것이다. 미윤은 휴대전화기를 비행기 모드로 전환한 후 캠코더를 켜 두기로 했다.

예상대로 그는 끊임없이 같은 말을 되풀이했으며 상황들을 소리로 형상화했다. 순진무구했던 그 시절로 돌아가 아버지와 함께했던 날들을 소환하기도 하였다.

나가 소학교 댕길 때 나팔수가 여덟 명 있었어. 아침 8시쯤 되면 질모랭이, 거가 윗마을과 아랫마을 중간이라, 거기까지 나팔 소리가 들려. 그러면 책보 둘러매고 아버지가 맹글어 준 짚세기신 신고 막 담박질쳐. 신발이 걸리적거리면 벗어 들고 맨발로 뛰어. 늦으면 벌 받은께. 또 뭐냐, 비가 올라치면 촌구석에는 소제할 것이 많아. 우리 아부지가 동네 복판에서 친구놈들과 뛰놀고 있는 나를 불러. '아이, 이놈아. 저 도깨비놈들이 불을 켜고 달려 싼다. 푸다다다닥 달리다 후딱 멈춰서서 뭔 구신 씨나락 까묵는 소리를 저리 씨부려대고 타라라라락 불을 켜고는 토로로로록 사라지고. 이놈이 혼을 쏙 빼분다. 마당에 나자빠져 뒹구는 저 빗자락몽댕이랑 후딱 치워 부러라.' 하도 많이 들어서 귀에 박혔어. 내 입에서 그 소리들이 떠나지 않는 한 아부지는 살아 있는 거여. 국가가 만 명 천 명을 죽이고, 그 흔적을 지우고, 기억을 말소시켜도 그래도 살아남는 것이 있는 법이여.

고향 떠나 이 악물어 버티고 살면서 아부지라는 말을 뱉어 본 적은 없어도 저 소리는 하냥 읊조렸어. 멈추는 순간 아부지는 죽는 것인께. 뭣보다도 그것이 무서웠어. 이제는 희미해. 아부지가 노래처럼 읊조렸던 도깨비불, 그 밤 총소리 같기도 허고 얼음 금 가는 소리 같기도 허고, 얼음 위를 구르는 유리알 같기도 허던 소리, 아침 안개 속에서 들려오던 희우우우 희우우우 허던 소리. 우리 아부지는 그 소리들로 남았어. 근디 이, 나가 그 소리들을 참말로 들었을까.

아버지를 망각하지 않으려는 몸부림은 세월을 지나오면서 바래고 또 희미해져 그는 자신이 말하고 있는 그것들이 실제였던 것인지 아니면 환상에서 비롯된 것인지 혼란스럽다고 했다. 그러나 그의 입에서 나온 소리들은 마치 음향 장치를 통해 흘러나오는 것처럼 선명했다.

2

안개 싸인 이사보 강변길을 서서히 달려온 차는 증언자 채 노인이 요청한 요양병원에 도착했다. 벌초를 하다 허리를 삐끗하여 입원했다던 것이었다. 첫날 통화에서 그는 자신이 그 사건의 구술자로 적격인 것인지, 그보다 아버지가 대상에 포함되는 것인지 의문시했다. 아버지가 수감된 사실은 있지만 곧 풀려나왔다고 하였다. 그간 전화를 걸어와 자신의 심중을 밝히며 곁가지로 어머니가 고문당한 사실, 큰집이 불타고 큰아버지가 총살을 당했다는 등의 언급을 했던 터라 미윤은 어느 정도 그의 사정을 꿰고 있었다. 채 노인은 고향에서 쫓겨나 평생 외지로 떠돌았다. 명절이면 마을 사람들 눈을 피해 조상 무덤에 성묘를 다녀가곤 했는데 세월이 흐르면서 이를 안쓰럽게 여긴 마을 사람들이 받아 준 탓에 지금은 이장직까지 맡아 인근 묘지들 벌초를 해주며 산다고 하였다.

정원의 향나무들 사이에서 비릿한 향내를 내뿜고 있는 연분홍 배롱나무에 눈길을 주며 병원 안으로 들어섰다. 점심 배차 끄는 소리로 어수선한 가운데 환자복에 맥고 모자를 쓴 노인이 눈에 띄었다. 호리호리한 몸에 키가 훤칠한 채 노인은 녹색 가운을 입고 식사 배차를 끄는 여인에게 길을 내주며 위태하게 서 있었다. 소년처럼 환하게 미소 지으며 두 사람을 이미 약속된 휴게실로 안내했다. 오똑한 콧날, 쌍꺼풀진 큰 눈을 가진 선량해 보이는 노인이었다.

참 잘 생기셨어요. 여든으로 보이지 않아요.

희윤의 말에 그는 곧 아흔을 바라본다며 수줍게 웃었다.

젊었을 때는 더 잘 생기셨을 거 같아요. 지금도 영화배우 같아요.

젊은 날 신성일이라고.

캠코더를 열며 너스레를 떠는 희윤의 말에 그는 몹시 겸연쩍어 하면서 맞장구쳤다.

맞아요, 맞아, 신성일 씨, 그런데 그분보다 어르신이 더 잘 생기셨어요.

어쩔 줄 몰라 하며 채 노인은 연신 한 손으로 코를 훑고 턱을 쓸어내렸다. 미윤과는 다르게 밝고 붙임성 좋은 희윤은 이번 작업에서 더 없는 파트너였다. 뜻밖의 사고로 남편을 잃은 희윤은 자신의 고통을 어두운 방에 갇혀 무의미하게 흘려 버리고 싶지 않다며 미윤을 따라나섰다. 질문지와 동의서, 펜 등을 꺼내 놓고 캠코더 위치를 잡은 희윤이 고개를 끄덕여 주었다.

미윤은 증언자의 이름과 생년월일, 현주소를 차례로 물었다. 출생지와 피해 당시의 거주지, 피해자 이름, 나이, 그와의 관계 등을 묻는 미윤에게 채 노인은 휴대전화기를 통해 들려오던, 마치 모기가 앵앵거리듯 가늘고 힘없는 목소리로 답변했다. 잔뜩 겁먹은 아이처럼 겨우겨우 답을 이어가는 채 노인을 보면서 미윤은 나이 든 노인의 목소리가 그렇듯 여릴 수 있다는 것에서 한없는 연민을 느꼈다. 피해자의 학력과 직업에 대한 질문에 인근 사범학교를 졸업하고 면장을 지냈다고 답했다. 미윤은 채 노인의 목소리에서 어떤 자긍심과 힘이 전해져 옴을 느꼈다.

어르신의 학력은 어떻게 되실까요?

이 대목에 이르러 채 노인은 몹시 곤혹스러워했다. 고개를 떨구며 눈물을 떨어뜨리는가 싶더니 설움을 주체하지 못한 채 오열을 터뜨렸다. 희윤이 허겁지겁 가방에서 화장지를 꺼내 건네자 받아 들며 허허허 웃었다. 사르르 떨리는 손을 희윤이 가만 잡았다. 미윤은 무심하게 그들을 지켜보았다.

학교 이야기만 나오면 이렇게 서러워요.

그는 자신이 무학자이며 학교에서 입학을 허락하지 않은 바람에 그렇게 됐다고 했다. 무엇보다도 어머니가 배워 봤자 애비 꼴 난다며 적극 만류한 데다 아버지도 별다른 조치 없이 방치한 탓에 삼대독자 자기의 생이 무식자로 전락했다고 쉽게 말했다.

아버지가 산사람이었어요.

채 노인은 자신의 무학에 한이 서린 듯 미윤의 질문을 앞질러 말을 이어 갔다.

아버지 때문에 어머니가 모진 고문을 당했어요. 큰집이 불타고 큰아버지도 총살당했어요. 이건 몇 차례 전화하면서 이미 말씀드렸고…. 그때 내가 7살이나 되었을 거요. 뛰놀다 집에 왔드만 뜰방에 거적대기가 놓였는데 그 사이로 상처투성이의 발이 빼꼼히 내다보여. 들춰 봤드만 옷이 흠뻑 젖은 채 퉁퉁 부은 어머니가 실신해 있어요. 이사보라고, 여기 오는 길에 봤을 거요. 거기서 경찰놈들이 고문을 하다가 죽은 거 같으니까 갖다 놓은 거여. 어머니가 눈을 뜨는 거 같더만요, 부어서 잘 보이지도 않고. 끌다시피 해서 간신히 방으로 갔는데 어머니가 옷을 갈아입고는 뽁뽁 기어 정제로 가서 밥상을 차려 왔어요. 떡실신한 어머니 곁에서 밥 자시라는 말 한마디도 않고… 게 눈 감추듯 밥 한 그릇을 뚝딱 해치웠어요…. 나가 그런 놈입니다.

가는 목소리로 흔들리는 바람 앞에서 꺼질 듯 꺼질 듯 흔들리며 불꽃을 피워 가는 촛불처럼 힘겹게 말을 이어 가던 그가 다시 목에 걸린 울음을 토해 냈다. 희윤이 미리 접어 둔 화장지를 건넸다.

아버지는 인근 산에 굴을 파 놓고 지냈는데 고문당하는 어머니를 그냥 둘 수 없었던지 마침 국가에서 뿌린 '자수하여 광명 찾자'는 삐라를 믿고 자수했어요. 광명은 찾지 못하고 그 길로 형무소로 갔죠. 7년 형을 받았다는데 어머니가 전답 팔아 그놈으로 변호사 사고 갖은 애를 써서 출소시켰어요. 이후 남은 재산 털어 총살당한 그 큰아버지 아들, 나로해서는 형님과 사과 장사를 했어요. 다 말아먹었지. 형님한테 미안한 마음이 있었든지 우리 살던 집 넘겨주고. 아버지는 사람들에게 퍼 주기를 좋아했어요. 존경하는 마음이 없지 않으면서도 평생 아버지를 미워하고 원망했어요. 사람이 출세하려면 부모덕도 있어야 하는데 나는 못 배운 것부터 그들 덕이라는 게 잔생이도 없었어요.

아버지 생전에는 면장 전력과 할아버지의 재력으로 마을 사람들에게 베풀고 살았던 탓에 외면당하거나 하는 일은 없었다. 적어도 마을은 아버지가 입산함으로써 산사람들로 인한 피해는 입지 않았다. 오히려 6·25 때 아버지가 입산자로서 이 지역을 점령한 인민군들을 설득한 탓에 다수의 젊은 목숨을 지킬 수 있었다. 이것은 모두가 인정하던 바였다. 아버지가 죽자 마을 사람들은 돌변하여 빨갱이와 살 수 없다고 하며 등을 돌리기 시작했다.

인근 도시에서 생선 장사하는 홀어머니 일을 거들며 살던 중 외가로 해서 먼 친척뻘 되는 이가 배나 곯지 말라며 넣어 준 곳이 시계방이었다. 원체 숫기 없고 까막눈인 데다가 빨갱이 아들로서 사람 행세하며 살 수 없던 세상이었다. 채 노인은 잔뜩 주눅 든 채로 오로지 시계방 안에서 착실하게 일했다. 그 결과 주인의 신임을 얻어 그의 딸과 결혼했고 시계방도 물려받았다.

장인어른이 이쁘게 본 거지. 시계가 귀한 시절이라. 봄 가을 결혼 예물로 반짝하고 말아. 그놈 사 간 사람들은 꽁꽁 모셔 놓고 외출 때나 한 번씩 꺼내 차고, 죽을랑 말랑하면 밥이나 한번 주러 오고. 괘종시계도 있는 집이나 걸어 놓지 사가는 사람도 없고. 보답시 입에 풀칠이나 하고 살아.

그러던 중 그곳에서 귀인을 만나 생의 전환을 맞이했다며 그는 화색을 밝혔다.

그 사람이 늘 손님을 모셔 와. 선물한다고 사 간 것만도 빈말이 아니라 거즘 한 트럭은 될거여. 그 사람 덕으로 그때 장사가 좀 되니까 어디 뭐 이북 놈들한테 자금이나 받았나 하고 경찰 놈들이 조사하고, 미행하고 여간 성가시지 않앗어. 결국 여기서 못 살고 서울로 뜨고 말았지만 시계방에서 평생 잊지 못할 인연을 만난 거지. 내 까막눈을 띄워 준 고마운 사람이라. 한글도 깨우쳐 주고 또 닿는 대로 한문까지 가르쳐 줘서 오늘날 사람 행세하고 살아. 내 아버지가 자기 목숨 구해 준 은인이라고, 그렇게 잘했어. 아버지가 면장으로 있을 때 소사 하던 양반인데 두루 신망이 높았던 가 봐. 예비군 중대장을 지내고 후제는 대서소도 하고. 잡기도 능해서 그 사람이 병신춤을 그리 잘 춰. 유명해.

어르신 그분이 우리 아버지네요. 우리 아버지요.

희윤이 튀어 나가 그의 두 손을 잡았다. 미윤은 덤덤하게 캠코더 중지 버튼을 눌렀다.

3

이런 인연이 있을 수 있느냐며 애틋하게 손을 맞잡은 채 아버지 이야기로 여념이 없는 두 사람을 두고 미윤은 밖으로 나왔다. 정원의 붉은 배롱꽃은 이사보에서 피어오른 안개에 휩싸여 환몽적인 분위기를 피워 올리고 있었다.

용역 사업 시 구역 분배를 할 때면 미윤은 늘 연구원들 사이에서 한 발 물러났다. 대체로 연구원들은 사건의 중심에 놓였던 특정 지역과 이를 증언할 영향력 있는 구술자를 선호했다. 최소한이나마 보편적인 법에 의한 공적 역사를 확보할 수 있으리라는 기대감 때문이었다. 그동안 미윤이 맡은 구술자들은 그에서 밀려난 이들로 자신들의 삶의 불행을 국가 혹은 역사에 원인을 두기보다는 개인의 운명으로 받아들이는 이들이 주를 이루었다.

미윤은 이번만큼은 적극적으로 나서 이 지역을 선점했다. 미윤의 기억 속에서 외할머니에게서 들었던 신화와 전설, 무수한 이야기들과 자연에 대한 경외로 가득 차 있는 곳이었다. 처음 외가로 가는 길에서 미윤은 어머니의 손을 잡은 채 가도 가도 끝이 없을 것만 같은 그 길이 어디까지 뻗어 있을까를 생각했다. 그때 미윤은 굽이굽이 펼쳐진 길에서 똬리를 틀고 있는 수십 수백 마리의 뱀의 형상을 떠올렸다. 발을 내딛는 순간 뱀들이 머리를 꼿꼿이 쳐든 채 덥석 발목을 물어 그대로 똬리를 틀어 버릴 것 같았다. 한시도 긴장을 늦출 수 없었던 그때의 기억은 평생 미윤에게 신비로 남아 있었다.

또한 이곳은 기억 속에서 이유를 알 수 없는 죽음들로 얽혀 있었다. 열한 명의 자식들 중 저마다의 이유를 들어 각처로 떠난 뒤 외갓집에는 나와 동갑내기인 외삼촌과 농사를 도맡아 하던 20대에 접어든 외삼촌만이 남아 있었다. 산업개발 붐을 타고 모두가 도시로 떠난 뒤 외할머니의 청에 따라 묵묵히 농사를 짓던 외삼촌은 어느 날 안방에서 한 손에 농약병을 든 채 비틀비틀 걸어나와 '엄니 나 먼저 갈라요.' 하는 말을 남기고 마루에서 죽어 갔다. 옆집에 살던 종아는 전날까지 서로 티격거리며 세 고개 너머 있던 학교를 다녀왔던 것인데 다음 날 해맑은 얼굴로 '나 서울 간다.' 자랑하며 식모살이를 떠났다. 그후 종아는 연탄가스를 마시고 스스로 목숨을 끊어 7년 만에 시신으로 돌아왔다. 틈만 나면 남자를 따라나섰다가 배가 불러 되돌아오던 미친년 금자는 남의 밭에 서리 갔다가 주인에게 발각되어 쫓기던 중 발을 헛디뎌 구르는 바람에 아이 셋을 남겨 두고 죽었다. 이 모든 것이 아버지가 도시에서 시골로 돌아와 중대장을 하던, 미윤의 10살 무렵의 이야기들이다. 미윤에게 그곳은 카오스로 뒤덮여 있어 콕 찌르기만 하면 비밀스럽고 암울하며 신비에 가득 찬 이야기들이 쏟아져 나올 것 같은 신화의 공간이었다.

아무려나 미윤은 신화의 속살 같은 이 지역을 두루 다니면서 그 시절의, 넋들이나마 만나고 싶었다. 어쩌면 그것은 핑계일 따름으로 미윤이 이곳을 선택한 궁극의 이유는 그 밤 꿈에 나타난 그들 때문이었다.

수원은 학창 시절 미윤에게 햇살과도 같은 사람이었다. 수원의 모범적 기질은 미윤의 분방함과는 상충하였으나 미윤은 그의 따뜻함과 수줍음을 좋아했다. 그와 함께한 시절은 한없이 서툴었으나 의심 없는, 순수와 위로로 기억되었다. 대입 준비가 한창이던 고3 한여름 미윤은 수원과 함께 각자의 친구들을 동원하여 이사보에서 하룻밤을 보냈다. 당시 하숙을 했던 수원이 자신의 집 가까운 곳이기도 하려니와 인적 드물고 학교 단속이 미치지 않는다는 점에서 안성맞춤이라며 제안했던 곳이었다.

그때 집에서 형 몰래 소주 훔쳐 왔잖아. 그것도 대병으로. 누군가 콜라잔 가득 채워 준 소콜이라고, 소주 콜라 섞은 것을 단숨에 비우고 너는 나가떨어졌어. 모두들 소형 녹음기에서 흘러나오는 노래를 따라 부르며 춤추는 데 정신이 팔려 있었지만 나는 너를 지켜보고 있었지.

25년 만에 만난 수원이 처음 꺼낸 말이었다. 미윤의 기억에서 까마득히 지워진 사건이었다. 마흔 넘어 공부를 해 보겠다고 원서를 접수하러 간 곳에서 뜻밖에 같이 어울리던 친구를 만나 이루어진 만남이었다. 접수 창구 안 저 끝자리에서 이게 누구냐며 반갑게 맞은 친구가 미윤을 끌고 간 곳은 수원의 연구실이었다. 서로 안부를 나누고, 급한 일 처리하고 오겠다던 친구가 자리를 뜨자 수원이 꺼낸 말이었다.

미윤은 수원의 말에 호응하는 대신 고등학교 졸업식 날밤, 약속 장소인 음악다방에 왜 나오지 않았는지, 뚜렷한 이유도 없이 떠난 이유는 무엇인지 내쳐 물었다. 일시에 소중한 것이 사라져 버린 충격, 25년 동안 헤어 나오지 못한 채 견디는 것이 한 사람의 생을 얼마나 피폐하게 만드는지 아느냐고, 가슴속에 바스락거리는 마른 잎 하나를 안고 사는 헛헛함을 가늠할 수 있느냐고…, 하는 말을 삼킨 채 답을 기다렸다.

속절없이 세월이 흐르는 가운데 수원을 만나 이유를 들어야 한다는 생각은 한시도 떠난 적이 없었다. 그 일이 일어나기는 했는가, 수도 없이 읽었던 소설 속 이야기를 내 것인 양 착각하는 것은 아닌가 하는 의심 속에서 미윤은 꿈에서라도 수원을 만나기를, 간절한 마음이 가 닿기를 바라며 25년을 보냈다.

우리가 나누었던 편지들, 진실이라고 믿었던 것들… 이미 이사보에서 무너진 거 아닌가? 졸업식 날의 사건도 예견된 것이고.

상기된 얼굴로 수원이 입을 열었다. 미윤은 25년 전의 시간을 거스르며 흥분하기도 하고 화를 내기도 하며 힘겹게 말을 이어 가는 수원을 지켜보았다. 듣는 내내 미윤은 경악했다. 상상조차 해 본 바 없던 일이었다.

입시준비에 한창이던 고3을 즈음해서 교복 차림을 한 채 건들거리며 집 주변을 서성거리던 남학생이 있었다. 친구들 사이에서 문학소녀라 불리며 스스로 만든 세계에서 끝 간 데 없이 솟은 콧대로 세상을 내려다보며 살던 미윤은 남학생에게 눈길 한 번 주지 않았다. 야간자습이 끝나는 시간이면 어김없이 집 앞에 모습을 드러냈던 남학생은 어느 때부터인가 모습을 감췄고, 어느 날 편지 한 장이 날아왔다. 고무신 공장에 돈 벌러 간다는 말이 적혀 있었고 더 이상 나타나지 않았다.

졸업식 날 수원은 미윤과의 약속 시간이 남아 있었으므로 친구와 함께 탁구장에 갔다. 한날 졸업식을 치른 학생들로 탁구장은 매우 북적거렸다. 탁구에 열을 올리던 중 누군가 휘두른 주먹에 나가떨어졌다. 정신을 차렸을 때 같은 동네 친구 놈이 건들거리며 서 있었다. 내 여자 옆에서 꺼져. 수원의 동네 친구는 미윤의 집 앞을 서성대던 남학생이었다. 그 일로 수원은 미윤과의 약속 장소에 가지 못했다. 그날 수원이 받은 충격은 컸다. 수원은 동네 친구 놈이 휘두른 주먹에 나가떨어져 자신에게 쏟아지던 탁구장에 모인 사람들의 눈빛보다는 그놈 입에서 나온 내 여자라는 말에서 더 고통을 느꼈다고 말했다. 수원은 그날 받은 모멸감을 25년 동안 안고 살아왔다고 했다.

미윤은 한때 서로가 생에서 가장 진실했다고 믿었던 그 시절을 훼손시킨 남학생에 대해 분노했다. 한 사람의 객기가 수원에게는 모멸감을, 미윤에게는 그러한 야만을 알지 못한 채 사랑하는 이로부터 외면당했다는 소외감을 안겼다. 만남이 있기 전까지 미윤과 수원의 빛나는 시절에 대한 기억은 서로에 대한 원망으로 채워져 있었다. 미윤은 말하는 내내 그날의 분노의 감정에 휩싸이곤 하는 수원을 지켜보면서 지나온 시간을 가늠했다. 미윤은 그것으로 25년을 위무받는 듯했다.

미윤은 그 시절 수원과 앉아 있곤 했던 자리를 눈으로 가늠해 보았다. 안개로 가득한 이사보는 고요했다. 안개가 수면 위에서 구물구물 넋처럼 떠다녔다. 미윤은 불현듯 꿈 속에서 성기를 드러낸 채 자신을 바라보던 아버지를 떠올렸다.

예비군 중대본부 중대장으로 부임하는 아버지를 따라 미윤은 이곳 초등학교로 전학했다. 그는 주요 행사 때면 교장의 소개를 받으며 육성회장으로서 단상에 오르곤 했다. 미윤은 어머니가 서울에 입원해 있는 사이 외갓집에 맡겨졌다. 어머니와 떨여져 지내면서 책을 읽고 일기를 쓰는 것으로 부재를 견뎠다. 아버지는 가끔 외갓집을 찾아와 미윤이 쓴 일기에 글을 남겨 위로했다. 훌륭한 소설가가 될 거라는 한 줄의 글은 그대로 미윤의 꿈이 되었다. 미윤은 교내외 글짓기 대회에 나가 매번 상을 받았다. 미윤이 쓴 글들은 대체로 호국영령에 대한 감사, 국가에 대한 충성, 대통령에의 찬사 일색인, 당시의 구조가 원했던 모범적 국민상을 그럴싸하게 재현한 류의 글이었다. 미윤은 선생님과 친구들 사이에서 나라에 충성하는 반공소녀로 새겨졌다. 반공 체제에 부역하는 글쓰기는 미윤의 글에 등장하여 찬사를 받던 대통령이 총살될 때까지 지속되었다.

어머니가 돌아와 인근 도시로 이사하면서 미윤은 전학했다. 아버지는 중대장직을 내려놓고 사법서사 사무소를 차렸다. 법의 고지를 받고 서식이나 절차를 모르는 사람들을 위해 일을 대행해 주는 대서소였다.

당시 아버지는 자주 취해 들어와 어머니에게 술주정을 하고는 했다. 언제나 벽에 걸린 괘종시계가 빌미가 되었다. 매시간 괘종이 울릴 때마다 그는 저놈의 시계 소리 좀 멈추게 하라고 소리를 질러 댔다. 자정을 알리는 열두 번의 괘종이 울리면 아버지는 벌떡 일어나 비틀대면서 벽에 걸린 육중한 시계를 떼어 내 마당에 내던졌다. 급기야 망치를 찾아 맨발로 달려 나가 산산조각이 나도록 두들겨 댔다. 그런 다음 날이면 영락없이 번쩍거리는 새 시계가 벽에 걸렸다.

어머니에게 생활비 한 푼 내놓지 않은 것도 그즈음이었다. 쌀이 없어 배를 곯는 판에도 어머니와 아버지의 손목에는 금색의 시계가 채워져 있었다. 어느 날엔가 미윤은 반질반질 닦인 책장에서 금박을 박은 채 위엄을 과시하고 있는 법전(法典)에 눈길이 닿았다. 미윤은 그것을 꺼내 머리에 이고 학교 앞 문구점 귀퉁이에 자리한 책 전당포에 맡겼다. 쌀을 사 들고 온 미윤을 되돌려 세워 어머니는 법전을 되찾아왔다.

지금 희윤과 앉아 있는 채 노인이 아버지가 깨부수고 사

오곤 했던 그 시계방의 주인이었다. 미윤은 서둘러 요양병
원으로 들어갔다.

4

희윤은 처음 캠코더에 증언자들과의 인터뷰를 영상에
담고 그것을 파일화하여 미윤의 메일에 보내는 작업을 담
당하였다. 차차 증언자 감정에 이입된 미윤이 인터뷰 흐름
을 놓칠 때 이를 잡아 주기도 하고 동의서에 서명을 받아 주
기도 했다. 마지막 두 증언자의 구술을 마친 날 희윤이 보내
준 메일에는 이춘기 씨라고 명명된 파일도 들어 있었다.
구술이 시작되기 전 희윤은 증언자들에게 슬며시 이춘
기 씨를 아느냐고 묻고는 하였다. 그 사람을 어찌 아느냐며
화색을 밝히는 이들이 있으면 희윤은 인터뷰 마무리 시 캠
코더를 닫으며 다시 그 이름을 꺼내곤 했다. 그들과 나눈 대
화를 자신의 휴대전화에 따로 녹음한 모양이었다. 시계방
주인 이름을 붙인 파일 외에 11개의 파일명에는 번호들이
명기돼 있었다. 미윤은 숫자 파일들을 차례로 열어 들었다.
미윤과 희윤의 아버지, 그러니까 이춘기 씨는 대체로 평
판이 좋았다. 그들에 의하면 그는 자수성가형 인물로 아는
것이 많고 특히 한문에 능했다. 성실하고 인정머리가 있어

어려운 사람들 앞에서 기꺼이 자기 주머니를 털 줄 아는 사람이었다. 감푸고 술 잘 마시고 풍류가 있는 사람이기도 했다. 그런 말들은 미윤이 그의 생전에 더러 듣기도 했던 터여서 그닥 새롭지는 않았다. 9번까지의 파일을 들은 후 미윤은 제쳐 둔 시계방 주인의 녹음 파일을 열었다.

귀한 인연을 만났으니 점심이라도 대접할 기회를 달라고 한사코 청하던 것이었다. 팥죽을 기막히게 잘하는 집이 있다며 그가 이끄는 대로 간 죽집은 점심시간이 지난 터라 한산했다. 평소 죽을 좋아하지 않은 미윤은 비빔밥이라도 먹자 하고 따라 들어간 것인데 메뉴에는 들어 있지 않았다. 미윤이 인근 편의점에 잠시 나온 사이에 나눈 이야기들이 녹음되어 있었다.

우리 아버지는 부모덕에 당시 이름난 사범학교를 나왔는디 듣기로 자네 부친은 배우지를 못했어. 부친의 아버지가 반대한 거라. 참 점잖은 양반인디 농삿군은 하늘의 뜻에 따라 살아야 한다고 하면서 자식들을 가르치지를 않았어. 자네 부친이 상급학교에 보내 달라고 사정을 했는데도 아버지가 들어 부렀다여. 그래 집을 나온 거지.

면 소재지로 나온 이춘기 씨는 마침 면서기로 있던 집안 육촌 형의 도움에 힘입어 소사로 들어갔다. 일찍이 서당에서 익혔던 한자 덕분에 직원들의 업무에 조력자 역할을 톡톡히 하며 숙직을 대신 서 주기도 하면서 신용을 쌓았다.

그 길로 똑바로 갔으면 좋았을 거여. 거기서 우리 아버지를 만난 거라. 허기사 세상이 요동치는데 먹물 들고 심장 팔딱거리는 젊은 사람들이 가만 있었겠는가. 좋은 세상 만들어 보겠다고 공부들을 하고… 딱 그 사건이 터진 거제.

그때 팥죽이 나오면서 영상이 끝났다. 아쉬움을 뒤로하고 다음 파일을 열었다. 뜻밖에도 온갖 소리로 혼란을 주었던 서 노인의 음성이 담겨 있었다. 미윤은 그가 아버지를 알고 있다는 것에 궁금함과 의아함이 동시에 일었다. 희윤이 다짜고짜로 이춘기라는 이름을 꺼내자 그 형님을 어찌 아느냐며 반색하였다.

나가 잘 알아. 형님 대서소 옆에서 나가 복덕방을 했은께. 이쪽 사람들이 참 좋아했던 사람이라. 술도 한잔씩 허고 그랬어. 형님 살아 있으면 이쪽에 관해서 좋은 이야기가 많이 나왔을 거여.

미윤은 아버지에게서 예비군 훈련을 받았다던 서 노인의 말을 들으며 애국 조회 때면 군복 차림에 선글라스를 끼고 오토바이에서 내리던 아버지의 모습이 떠올랐다. 아버지는 도서관에 책을 기증한다거니 장학금을 증정한다거니 하는 명목으로 종종 단상에 오르곤 했었다. 미윤이 육성회비를 내지 못해 여느 아이들과 함께 벌을 받기도 하고 집으로 돌려보내지기도 하던 때였다.

이쪽에 관한 좋은 이야기요?

희윤은 아버지 생존 시 6·25 참전 용사로서 그 스스로 위용을 과시했으며 전쟁이다 통일이다 하는 것에 민감했다고 말했다. 특히 이 사건과 관련해서는 유독 열을 올리며 말도 꺼내지 못하게 했다고 덧붙였다. 희윤은 한번은 언니가 지나가는 말로 6·25 이야기는 제발 좀 멈추고, 이 지역에서 발생한 사건 이야기나 들려 달라고 했다가 니가 뭘 안다고 씨부리느냐, 공산당 놈들보다 더 지독헌 놈들이 빨갱이 놈들이라고 고함을 질렀던 이야기를 꺼냈다. 그날 이후 두 사람은 사이가 나빠졌고, 언니는 돌아가실 때까지 아버지와 말을 섞지 않았다고 했다. 희윤은 그랬던 아버지에게서 나올 이쪽에 관한 이야기가 어떤 것인지 채근하듯 물었다. 서 노인은 한 치의 망설임도 없이 입을 열었다.

형님이 좌익 아니었다고. 당시 좌익이라는 것은 별것도 아닌 것으로 내몰린 사람들이여. 배 곯던 시절 한마을에서 복작대며 살다 보면 사소한 일로 원한을 사고, 그럴 때 애먼 사람이 걸려들면 손가락질 하나로 좌익이 돼. 형님은 경우가 다르제. 거기서 사정없이 나가 부렀어. 당시 요 인근에서 이름난 사범학교를 댕긴 인재가 있었는디 언변이 뛰어났어. 예의도 바르고 말도 곱게 허고, 칭송이 자자해. 면장을 지냈던 사람이여. 형님이 소사로 일할 때 그 사람 눈에 들었던 거라. 어찌된 영문인지 사건 때 둘이 나란히 산으로 들어갔어. 근디 면장은 각시가 지서로 끌려가 몽둥이 타작을 당해싼께 자수를 했어. 7년 형을 받고 감옥에 있는 사이 산사람 중에 누가 앙심을 품고 면장의 큰집에 불을 지르고 사촌형을 총살해 부렀어. 그 뒤에 감옥에 갔던 면장이 출소했어. 워낙 잘 사는 집 자식이고 면장허면서 선덕을 쌓아 금세 풀려났어. 면장이 언변이 좋아. 6·25 터지고 인민군들이 득세허면서 동네를 뒤지고 다녔을 거 아니라고. 면장이 말을 잘해서 털리는 집이 하나도 없었어. 인민군놈들이 저그 초등학교에 젊은이들을 다 끌어모았어. 이북으로 끌고갈 판인디, 아 면장이 자네 아부지를 화장실로 빼돌려 준 거 아니여. 그게 자기 큰집에 불 지른 놈한테 할 수 있는 일은 아니제, 이.

어르신, 하고 희윤이 비명처럼 서 노인을 불렀다. 아랑곳하지 않은 채 서 노인은 자기 이야기에 취해 말을 이어 갔다. 그는 비탈길을 구르기 시작한 돌멩이처럼 속도 붙은 자신의 말을 억제할 수 없는 듯이 보였다.

형님이 보통이 아니라. 아는 사람들은 쥐 새끼같이 요리조리 잘도 피함서 여러 생을 살았다고 혀를 내둘러. 마지막으로 다른 증언자 만난다고 한 거 같은디, 면장 아들이라.

영상은 끝났다. 마음을 추스릴 것도 없이 미윤은 하나 남은 녹음을 마저 들어야겠다고 생각했다. 미윤은 저 무심한 얼굴 좀 봐라. 냉기가 뚝뚝 떨어지는 것이 얼음장 같다. 어이고 독한 것. 하고 말하던 어머니를 떠올리면서 마지막 파일을 눌렀다. 시계방 주인 채 노인의 음성이었다.

　아버지가 감옥에 갇힌 사이 큰아버지 총살하고 큰집에 불 지른 사람이 누구인지는 내가 어려서 모르지. 고향을 일찍 뜨기도 했고. 아버지가 자수한 것을 두고 배신감 때문에 그랬다는 말도 있고, 평소 아버지를 시샘해서 그랬다고도 하등마. 아버지가 많이 배우고 말을 곱게 해서 인근 사람들한테 평판이 높은께 시기를 한 거지, 경찰한테 꼬질러 버린 거여. 그랬다는 말이 있어.

　미윤은 컴퓨터 하단에 떠 있는 12개의 파일을 모두 닫았다. 동이 터 오고 있었다.

　　5

　단숨에 달려와 마주한 이사보는 새벽안개로 가득 차 있다. 미윤은 안개를 무심히 바라본다. 이사보는 수선스럽고 요란하다. 푸다다닥 달리다 후딱 멈춰선 도깨비들, 도깨비들이 씨부려대는 귀신 씨나락 까먹는 소리, 탕 하는 총소리, 쩌억 얼음 금 가는 소리, 또르르륵 유리알 구르는 소리, 구물구물 몸 일으키며 내는 소리, 희우우우 희우우우 누군가를 부르는 소리, 첨벙 가냘픈 여인의 몸이 물에 던져지며 내는 소리, 명주타래 한 꾸리의 깊이에 다다랐다 수면 위로 튀어 오른 여인이 토해 내는 숨소리, 여인의 몸에서 떨어지는 물방울 소리.

귀가 먹먹하다. 소리들이 주변을 진동시키고 하늘에 가닿을 때쯤 반짝하며 주변이 일시에 하얗게 빛으로 가득 차는가 싶더니 이내 사라진다. 찰나에 이사보는 귀울림 같은 고요 속으로 돌아온다. 일시적 음소거 상태의 고요다. 무슨 일이 있었던 것일까.

미윤은 이사보 저편에서 하의를 내린 채 서 있는 아버지를 발견한다. 드러난 성기에 눈이 닿으려는 순간 피어오른 수천의 넋과 같은 안개가 그것을 에워싼다. 안개 속에 나란히 앉아 수원의 어깨에 기대어 있는 미윤이 가만 뺨을 내민다. 곧 한없이 따사한 햇살이 내려앉을 것이다.

이사보는 고요하다. 태곳적의 혼돈 속 같은 고요다.

맹 자 야
제 발   덕 분 에

1

교문을 나서며 가까스로 옥심이를 따돌리는 데 성공한 나는 휴 하고 안도의 숨을 내쉬었다. 옥심이에게 이런저런 핑계를 대며 걷는 동안 평소 다니는 논두렁길로 향하는 지름길을 놓치고 말았다. 곧 지나쳐 갈 지서에 눈길을 주며 걸음을 재촉했다.

이즘 들어 옥심이는 툭하면 나와 놀자며 따라붙었다. 자기 집에 가서 축음기를 듣자느니, 우리 집 아래에 있는 외갓집에 같이 가 줄 수 있느냐느니 하면서 귀찮게 굴었다.

나와 옥심이가 친한 사이인 것도 아니었다. 애초에 옥심이와 맞는 것이 하나도 없었다. 급이 다르고 노는 물도 달랐다. 옥심이는 키가 크고 통통하고 얼굴이 예뻤다. 나는 그 반대였다. 사람들은 깡마르고 못생긴 나를 다람쥐 새끼니 쥐 새끼라고 불렀다. 어느 밤 우리 집에 온 여자 산사람처럼 머리를 하이칼라로 자른 뒤로는 머리통이 조막만해 보이는 탓에 그렇게 부르는 사람이 더 많아졌다.

그날 군인들은 마을 사람들을 모아 산사람들이 들어오지 못하도록 종일 마을을 뺑 둘러 울타리를 치게 했다. 햇덩이가 뉘엿뉘엿 떨어지기도 전에 철수를 서두르는 군인들을 바라보며 조샌 아저씨는 '막으라 하니까 어쩔 수 없이 먼나무를 베어다 막아 놨지만, 그까짓열이 것 산사람들이 몽둥이로 두드려 넘겨 불면 그만이지, 그런다고 못 들어와?' 하고 투덜거렸다. 마을을 지킨다고 와서는 일 시켜 놓고 여자들에게 수작 부릴 궁리만 하는 그들이 못마땅했던 것이다.

도망치듯 그들이 내려가자 마을에서는 서둘러 저녁을 먹고, 대밭이니 굴이니 가까운 산에 반찬이고 밥이고 숨기기 시작했다. 어둑해지면서 횃불을 든 산사람들이 식량을 챙겨가기 위해 돼야지 멱따는 소리로 '인민공화국 만세'를 외치며 들어왔다. 그들이 들어오지 못하도록 먼나무를 해서 울타리를 막았지만 하나 마나 한 작업이 되고 말았다.

지서에서 동네를 지키는 '순직'을 뽑았다. 나도 우리 가족의 목숨을 지키기 위해 자청했다. 나는 이름을 수(壽)지기라고 지었다. 산사람들이나 마을에 수상한 사람이 나타나면 무조건 신고해야 한다. 산사람들이 마을 사람들을 해치거나 죽이는 일은 없다. 쌀을 달라거나 산으로 짐을 짊어지고 가자고 하는 것이 문제다. 산사람들은 이장이었던 아버지와 반장을 앞세워 집집마다 다니며 쌀을 걷도록 했다. 강압에 의한 그것이 빌미가 되어 아버지는 인민위원장, 아버지를 도와 같이 다녔던 반장은 부위원장이라 하여 총살을 당했다. 아버지가 죽고 난 후 우리 가족은 인민위원장의 식솔로 분류되어 빨갱이가 되었다. 다행히 어머니와 작은어머니가 지서에 끌려가 고문을 당하고 곧 풀려났지만 군인들은 계속 우리 집 주변을 맴돌았다. 사람들은 '순직' 맡기를 꺼려했다.

어머니는 산사람뿐만 아니라 군인들도 무서워한다. 나를 꼭 붙들고 꼼짝도 못 하게 한다. 그건 작은어머니도 언니도 마찬가지다. 이제 지켜 줄 할머니도 없다. 밤이면 모두 드러누워 자는꺠 하면서 당숙모 집이나 대나무 숲에 다녀올 일이 있으면 다 나에게 시킨다. 그때마다 총알이 날아올까, 잡혀가지 않을까 무섭지만 아닌 척, 눈 딱 감고 다녀온다. 치깐만 해도 그렇다. 치깐은 집에서 멀수록 좋다고 누가 그랬을까? 우리 집 치깐 가는 길은 참말로 멀다. 언니도 동생도 심지어 어머니, 작은어머니까지도 나를 데리고 간다. 맹자야, 거기 있지? 언니 거기 있지? 똥이라도 싸면 그 앞에서 냄새까지 맡아 가며 꾸벅꾸벅 졸기도 한다.

그날도 어머니에게 잡혀 일찌감치 잠자리에 들었다. 빨치산의 노래가 들리는가 싶더니 한순간 방문이 열렸다. 두 사람이 신발을 신은 채로 들어왔다. 워커를 신은 풍보 남자와 머리가 짧고 왜소한 사람이었다. 모두가 숨도 쉬지 않고 자는 척하는 가운데 언니와 엄마 사이에 누워 있던 나는 눈을 살째기 뜨고 그들을 지켜보았다. 닥치는 대로 뒤지던 그들은 마땅한 것이 없다고 판단한 것 같았다. 왜소한 사람이 '갑시다.'하자 워커를 신은 남자가 학교 다녀와서 아직 풀지도 않은 내 책보를 추켜들었다. 거기에는 아버지가 사 준, 아끼느라 쓰지 않은 백노지 공책과 직접 깎아 준 세 자루의 연필, 잘못 쓴 글자를 지우면 공책에 구멍만 내는 네모 난 고무지우개가 들어 있었다. 뺏기면 이제는 돈도 없고 다시 사기도 힘들다. 나는 누운 채로 언니에게 잡힌 손을 빼낸 뒤 위로 뻗어 책보를 빼냈다. 우악스러운 남자의 손이 다시 홱 낚아챘다. 아, 익숙한 얼굴, 우리 학교 선생님이었다.

"선생님, 저 맹자예요, 이맹자, 그거 제 책보구만요."

그때 이불 사이 사이에 손을 넣어 보던 왜소한 몸을 가진 사람이 '그거 내려놓으시오.'하고 말했다. 그는 여자였다. 남자맹키로 하이칼라 머리를 한 여자. '그것이 왜 필요

하죠? 아이들은 배워야 하지 않소. 당장 학교 갈 애들 것을 그러면 안 되는 거 아니요?'하고 나직하면서도 단호하게 말하고 방문을 나섰다. 그 사이 선생님은 설마 가져갈까 하고 대밭으로 옮기지 않은 소금을 추켜들었다. 나는 흥건하게 괸 땀으로 인해 어머니의 손이 자연스럽게 미끄러져 나온 틈을 타서 벌떡 일어났다.

"이건 못 먹는 거예요. 그거 쌀 아니라요, 아이고 그건 소금이에요, 소금."

"아이고 맹자야, 소금도 귀하다."

하고는 어깨에 둘러멨다. 못 갖고 가게 하려고 소금이라고 한 것인데 그것도 좋아라 가져가는 산사람이 아니 선생님이 불쌍했다. 하긴 소금도 유용할 것이었다. 그들이 고기 먹는 것을 본 적이 있다. 돼지를 잡았는데 그들에게는 불이 없었다. 숨어 다니느라 불은 피울 수 없고 고기는 먹어야 했으니 난감했을 것이다. 그들은 어느 집으로 들어가 저녁을 지어 먹고 불씨가 남아 있을 뿐인 아궁이에 고기를 던져 뜯어 먹었다.

남자처럼 생긴 그 여자가 참으로 멋있어서 다음 날 당장 어머니에게 머리를 잘라 달라고 졸랐다. 어머니는 간밤 겁없이 굴었던 내 행동에 대한 벌로 아침밥도 주지 않았다. 그 탓에 작은어머니에게 부탁해야만 했다. 비록 어둠 속에서 본 여자 산사람처럼 강렬하진 않았지만 다람쥐 새끼 같은 나의 별명에 잘 어울리는 것 같아 내심 만족했다.

달리기를 잘하는 옥심이는 우등생인 나를 부러워한다. 운동회 때 100미터 달리기 선수로 뽑힌 옥심이가 우리 청 팀을 승리로 이끌어 환호를 받을 때 살짝 부럽기도 했지만 내가 누군가, 모두가 알아주는 다람쥐 새끼, 쥐 새끼 아닌 가. 옥심이는 땅 위를 달리지만 나는 바위나 나무 위를 포 르륵포르륵 기어오른다. 날아오를 수도 있다. 학교 오가는 길이나 산에서 놀 때 아이들은 그런 나를 찬탄해 마지않는다.

옥심이와 내가 가까워진 것은 어른들이 말하는 이번 시 국에 아버지와 작은아버지를 동시에 잃으면서부터이다. 아 버지들은 이장이었고 산사람들에게 쌀을 걷어 준 것 때문 에 끌려갔다가 한 날에 총살당했다. 작은아버지들은 우리 학교 선생님이었다. 다른 두 분의 선생님들과 숙직실에 잡 혀있다가 아버지들보다 하루 전날 총살을 당했다.

고모가 넷인 것도 그랬다. 두 할머니는 딸만 넷을 낳아 온갖 구박과 설움을 받다가 귀하게 얻은 아들들을 한꺼번 에 옴싹 잃어버렸다. 옥심이 집은 할머니를 비롯해 큰어머 니, 어머니, 과부 셋에 옥심이까지 여자만 넷, 우리 집은 할 머니, 어머니, 작은어머니 과부 셋에 언니와 나, 두 여동생 까지 여자가 일곱이었다. 그것은 우리 두 집만이 아니었다.

하룻저녁, 들이닥친 군인들에게 밥을 먹던 아버지와 작 은아버지, 어머니와 막내고모까지 끌려갔던 연자집도 두 살, 다섯 살 남동생과 할머니, 어머니, 작은어머니, 고모 셋에 여자만 일곱이 산다. 원래 고모가 넷이었는데 끌려간 막내고모가 죽었는지 살았는지 아직 모른다. 스무 살의 막내고모는 아버지와 같이 총살당했는데 할머니와 어머니는 아버지의 시신만 찾아왔다. 같이 끌려갔던 어머니는 아기를 품에 안고 있어서 살아나왔다고 했다.

연자의 셋째 고모 금자는 오빠들과 동생을 잃고 실성해 버렸다. 스물두 살의 금자 고모는 '이놈아, 이 웬수놈아, 네 놈 잘되는가 두고 보자!'하고 외치며 온 동네를 활개치고 다닌다.

국군이 들어와 초소가 세워지고 밤이면 산사람들까지 내려오면서 마을은 쑥대밭이 되었다. 남자들이 산으로 가고 또 군인들에게 끌려가 총살을 당하는 바람에 마을에는 여자들만 남은 집이 많았다. 날마다 누구 아버지가 끌려갔네, 또 누구 아버지가 총살을 당했네 하는 소식이 끊이지 않았다. 그것이 언제 끝날 지 알 수조차 없었다. 우리처럼 여자만 남은 집은 기둥이 무너진 형국이었고 먹고 사는 일 뿐만 아니라 모든 것에서 살아갈 일이 아득해졌다. 남자들이 사라진 거리를 군인들이 활보하면서 마을에는 크고 작은 일들이 연일 끊이지 않았다.

최 씨 딸 귀숙이 언니는 아버지를 쏴 죽인 군인과 결혼했다. 몸이 호리호리하고 얼굴이 빼어나게 예쁜 언니는 출

중한 외모에 홀려 다짜고짜로 달려드는 군인을 뿌리치지 못했다. 마을 사람들이 귀숙 언니네를 찾아가 어머니를 붙들고 아버지 죽인 웬수랑 어떻게 살게 할 것이냐, 콱 혀를 깨물고 죽을지언정 그래서는 안 되는 일 아니냐, 당사자들이 눈 맞고 이미 진도가 나간 것이라면 차라리 도주라도 시켜야 하지 않겠느냐, 우리가 이렇게 나서는 것도 남사스러운 일지만, 군인놈이 귀숙이 아배만 죽인 것이 아니고, 또 찔벅댄 것이 귀숙이에 한한 것이 아니어서 참, 한 동네 사는 입장에서 함구하고 있을 수만은 없는 일이라고 하며 연일 찾아가 읍소했으나 귀숙 언니는 결국 군인을 따라가고 말았다. 청혼을 뿌리치면 오빠들에게 돌아갈 보복이 무서워서 그럴 수밖에 없었다고 했다.

또 이미 결혼한 군인들이 마을에 기거하면서 의도적으로 남편을 죽이고 그의 아내를 첩으로 삼는가 하면, 윗집 아랫집에 첩을 두고 두 집을 드나들기도 했다. 마을에서 뚝 떨어져 살고 있는 원동댁은 군인과 눈이 맞아 아들 홍기마저 놓고 따라가 버렸다. 그 바람에 아저씨가 홧병이 들어 술로 하루하루를 버티자 외할머니가 와서 홍기를 데리고 갔다.

마을 사람들은 이 모든 것들이 시국 잘못 만난 탓이고 또 팔자소관이라고 했다. 사람들은 누구한테 원망도 못 하고, 홀로 가슴을 끓이다 다들 가슴애피를 안고 살았다.

옥심이가 집에 가지 않고 나를 따라붙는 것은 할머니와 큰어머니 때문이었다. 옥심이의 시집간 고모들 중 큰고모는 집에 덩그러니 과부들만 남자 옥심이 어머니를 자신이 사는 충청도로 불러올렸다. 어머니는 그 길로 개가를 했는데 상대는 우리들 친구인 영자 아버지였다. 영자 어머니가 아들을 낳지 못해 첩으로 들였다고 했다. 삼총사였던 우리는 둘이 자매가 되면서 웬수 사이로 변하는 바람에 나만 난처한 지경에 놓였다. 옥심이 어머니가 떠나자 큰어머니는 옥심이를 눈엣가시로 여기며 구박한다고 했다. 심지어 전주의 어느 부잣집에 수양딸로 보내기 위해 서두르고 있었다.

"수양딸로 가서 편하게 공부하라는디, 죽었으면 죽었지 안 간다고 했어. 전주에서 사람이 와서 나가 이쁘고 곱다고 가자는디 할머니하고 산다고 했어."

옥심이는 완강히 버티는 중이라고 했다.

"보복으로 큰어머니가 일이란 일은 다 시켜야. 나무해 와라, 빨래해 와라. 젤로 힘든 건 새벽에 물 길러 가는 것이여. 발로 찔벅찔벅 함서 물 길어 와라 하는디 눈이 안 떠져야. 졸고 있으면, 할머니가 '일어나소, 일어나소 이.' 함서 내 귀에 속삭이고."

옥심이가 잠에서 빠져나오지 못한 데는 할머니의 책임이 컸다. 밤이면 큰어머니가 곯아떨어지기를 기다려 발가락으로 꼼지락꼼지락 옥심이를 깨웠다.

"아버지 묏동에 가자는 것이여. 백여시가 구멍을 요만큼씩 뚫어놔. 그거 막으러 가는 거여. 무서워서 못 간다고 그러면 '가세, 느그 아부지 보러 가세 이. 느그 아부지가 보고 잡아 죽겄은께, 보러 가세 이.'하고 졸라."

옥심이가 더 견딜 수 없는 것은 할머니의 이야기였다. 할머니는 무덤에 있는 아버지가 외로울 것이라며 '장화홍련'이며 '옥단춘', '심청' 등의 이야기를 밤새 들려주었다. 그럴 때 옥심이는 언제 달려들어 채 갈지 모를 백여시 때문에 오금이 다 저렸다. 때로는 백발 허연 할머니가 백여시처럼 보일 때도 있었다. 그리고 보니 무남독녀 외동딸로 사랑 듬뿍 받고 자란 옥심이는 통통하던 얼굴이 홀쭉해진 것도 같았다.

옥심이 작은아버지인 유 선생님은 얼굴이 훤하고 물고기 노래미처럼 외양이 수려해서 노래미라고 불렀다. 유 선생님이 옥심이를 업고 학교에 가던 날이 떠올랐다. 선생님은 무남독녀 외동딸 옥심이에게 축음기를 통해 달콤한 음악을 들려주었다. 언젠가 노래미 선생님과 교문을 나서던 작은아버지와 마주쳤을 때 선생님은 우리를 자신의 집으로 초대하여 축음기를 틀어 꼬부랑 영어로 된 노래를 들려주기도 했었다. 할머니는 아버지밖에 모르지만 옥심이는 다정했던 작은아버지가 더 보고 싶다고 했다. 나는 옥심이가 작은아버지를 더 보고 싶어 하는 이유가 총알이 머리를 뚫고 지나간 아버지의 시신을 옥심이가 직접 보았기 때문이라는 생각이 들었다. 생각에 잠겨 걷는 사이 갑자기 옥심이가 불쌍해지면서 따돌린 것이 미안해졌다.

"이놈아 이 웬수놈아 네놈 잘 되는가 두고 보자!"

하고 외치는 소리가 들렸다. 금자 고모였다. 금자 고모는 지서 근처를 어슬렁거리며 지서를 향해 소리 질렀다.

그때였다. 경찰이 무언가를 끌고 나오는 것이 보였다. 걸음을 멈췄다. 호기심이 발동했다. 주위를 살펴 내 몸통보다 백 배나 큰, 수많은 가지들이 뻗어나와 하늘을 가리고 서 있는 느티나무를 발견했다. 그 뒤로 가서 몸을 숨겼다. 경찰이 끌고 나온 것은 분명 사람이었다. 경찰이 끌고 간 곳에는 발가벗겨진 채 팬티만 걸친 남자들이 뉘어져 있었다. 숨을 죽였다. 하나, 둘, 셋, 넷 이제 끌고 온 사람까지 모두 다섯이었다. 침을 꼴깍 삼킨 뒤 나무를 타고 올랐다. 그 사이 두 사람이 더 보태져 모두 일곱이 되었다. 다 옮긴 것인지 그는 허리를 펴며 주위를 둘러보았다. 다행히 그의 시선은 굵은 나무의 몸통 뒤에 숨은 나에게 미치지 못했다. 그는 스물예닐곱쯤의, 우리 작은아버지 나이쯤 되어 보였다. 모자를 쓰고 있어 얼굴을 자세히 볼 수 없었으나 주위를 둘러보는 몸짓이 몹시 불안해 보였다. 누워 있는 사람들이 궁금했다. 누구일까. 얼굴들을 확인하고 그들 가족들에게 알려 주고 싶은 마음 간절했으나 그러기에는 너무 멀었다. 몸이 벌그레한 게 살아 있는 듯했으나 꼼짝도 하지 않은 것으로 보아 죽은 듯도 했다. 마구 두들겨 팬 후 끌어내 놓은 것 같았다. 경찰은 얼굴을 하나하나 지서 문 쪽을 향하도록 돌리고 있었다.

다음 순간 나는 경악했다. 그는 지서 출입문 가장 먼 곳에 있는 사람 곁으로 가서 쭈그리고 앉았다. 분명 귀를 자르고 있었다! 남자 아이들이 모여 지그들끼리 은밀히 쑥덕대던 '빨갱이 귀때기를 갖고 가면 잡혀간 가족을 살려 준다드라.'하던 말이 생각났다. 거짓말이 아니었다. 귀를 떼서 상부에 올리면 2계단 승진이라고, 그것을 가져가면 경찰이 환장을 한다던 말도 떠올랐다. 학교는 지서 앞을 지나 저만치 올라가는 길에 있었다. 그곳을 지나치면서 더러 거적으로 덮어 놓아 드러난 발은 보았지만 벌그레한 몸을 본 것은 처음이었다.

나무에서 쭈르르 미끄러져 내려왔다. 경찰이 사라지고 금자 고모가

"이 웬수놈아, 네놈 잘 되는가 두고 보자!"

하고 외치며 누워 있는 남자들 주위를 휘적휘적 걸어 다니는 것이 보였다. 뒤도 보지 않고 집으로 내달렸다. 가슴이 마구 뛰어 숨이 멎을 것 같았다. 집에 도착하자마자 방으로 들어가 문을 쾅 닫고 드러누웠다.

귀를 자른 것인가. 헛것을 본 것인가. 꿈인가. 알 수가

없었다. 뒤를 이어 얼굴이 샛노래진 언니가 들어 왔다. 언니는 말없이 등을 돌려 누웠다. 네 활개를 펴고 천장을 보고 누운 채로

"언니 봤지?"

하고 물었다. 언니는 대답 대신 길게 숨을 내쉬었다.

"죽은 거 같아? 살아 있었어?"

언니는 한참 동안 말이 없다가

"거적대기로 덮인 거?"

하며 떨리는 소리로 실었다.

"그새 덮었어?"

"묻지 마, 나는 아무것도 안 봤어. 안 봤단 말이야."

언니는 으르렁거렸다. 그사이에 거적으로 시신들을 덮었을까 생각하며 더 이상 묻지 않았다. 벌떡 일어났다. 언니는 저녁이 되어 밥 먹으라는 어머니의 소리를 듣고도 기척도 없이 누워 있었다. 이놈의 가시내들이 끼니때가 되어도 한 놈은 발발거리고 돌아 다니고, 또 한 놈은 자빠져 누워서 기척도 않으니 어디서 배워먹은 버르장머리들이냐고 소리쳤다. 서리 맞은 굼뱅이마냥 흐느적흐느적 다가가 밥상머리에 앉았으나 언니는 죽은 듯이 누워 꿈쩍도 하지 않았다. 내가 먼 놈의 밥을 그렇게 깨작대며 처먹느냐고 어머니에게 된통 혼나는 속에서도 언니는 등을 보인 채 일어나지 않았다.

2

요강을 방에 들여놓고 순직을 서기 위해 집에서 빠져나왔다. 어머니와 언니는 약하다. 약해도 너무 약하다. 나는 변소든 어디든 여우같이 다 따라가는데 두 사람은 밤이 되면 아무것도 못 한다. 군인이나 산사람 소리만 들어도 얼굴이 샛노래져서는 땀을 발발 흘리고 그만 퍼져 버린다. 참말로 못 말린다.

지서 앞에서 귀를 자르는 경찰을 지켜본 뒤 두려움에 휩싸여 마구 뛰는 가슴을 어쩌지 못해 헉헉대다가 집에서 나와 당산에 올라갔었다. 우람하게 버티고 선 몸채에서 뻗어나온 무수한 가지들이 하늘을 향해 솟구쳐 오르는 모습을 보면 언제나 힘이 솟곤 했다. 고개를 한껏 젖히고 가지들 사이로 드러난 하늘을 볼 때도 마찬가지였다. 오늘은 대뜸 할머니 얼굴이 나타나 '아가, 그렇게 천둥벌거숭이 맹키로 싸돌아댕기지 말고 한사코 조신해야 쓴다, 이.'하고 말했다. 눈물이 핑그르르 돌았다. 고개를 젖혀 눈물을 밀어 넣고 튼실한 가지를 타고 올라가 앉았다. 눈앞을 가리는 가지들을 꺾자 하늘과 마을이 한눈에 들어왔다. 흐르는 냇물도 냇가 맞은편 산 아래 세운 군인들 초소도 훤히 보였다. 할머니는 내가 머리가 좋은 것을 늘 걱정했다.

할머니는 내리 딸만 낳는 동안 우리가 상할머니라고 불

렀던, 할머니의 시어머니 앞에서 숨도 못 쉬고 살았다고 했다. 상할머니의 허락 없이는 한 발짝도 대문 밖을 나설 수 없었다. 아들 둘을 낳고 잠시 귀인 대접을 받았으나 할아버지가 돌아가시는 바람에 상할머니의 시집살이는 더 엄혹해졌다.

어머니가 시집와서 연달아 딸을 낳자 상할머니는 할머니를 닦달하였다. 할머니는 딸 넷 낳은 설움을 겪어서인지 어머니를 따뜻하게 품어주었다. 할아버지가 일찍 돌아가시고 할머니 홀로 밭에도 내보내지 않을 정도로 바깥출입을 일일이 간섭했던 상할머니와는 달리 할머니는 어머니를 눈치껏 풀어주었다. 한 날 장날에 어머니 좋아하는 팥죽도 사 먹고 오라며 몰래 혼자 내보냈다가 상할머니한테서 들켜 호된 질책을 받은 이후 오늘날까지 우리 집 여자들은 누구도 혼자 밖에 나가는 일이 허용되지 않았다. 혹 외출하는 일이 있을 때는 그곳이 어디든 내가 동반되었다.

할머니는 한 날을 사이에 두고 아버지와 작은아버지가 총살을 당했다는 소식을 접한 뒤, 어디에 묻혔는지 몰라 밤낮없이 가슴을 두드리다, 이승만 편인 외삼촌이 저기 어느 산골짜기 어느 구덕은 이장들이 묻히고, 어느 구덕은 선생들이 묻혔다는 정보를 알아내어 어머니와 조샌 아저씨가 시신을 거둬 왔을 때, 두루마기를 입은 채로 마치 잠든 것처럼 누워 있는 아버지와 반듯이 챙겨 입은 양복 위로 총알이 뚫고 간 작은아버지를 보고도 눈 하나 꿈벅하지 않았다.

시신을 찾아온 조샌 아저씨와 자유당원인 외삼촌에게 고맙다는 치하의 말도 잊지 않았다. 자신이 손을 써서 이장들, 선생들 실은 차가 각각 언제 나갔고, 총살시킨 시신들이 묻힌 구덩이가 어디쯤 있는가를 알아냈다는 외삼촌의 말을, 고개를 주억거리며 듣고는 '총알이 날아다니는 위험한 데를 동구간 아니면 누가 가겠느냐.'고 했고, '쬐깐해서부터 거처 없이 돌아댕김서 밥 얻어먹고 살 때 언제든지 재워 주고 먹여 준 은공을 이럴 때 갚지 않으면 그것이 사람 새끼라요.'하고 말하는 조샌 아저씨의 손을 가만 쓸어 주기도 했다. 기어코 내 손으로 새끼들을 찾겠다며 앞장서는 할머니를 만류하고, 칠흑같은 밤에 두루마기를 입은 아버지와 양복을 입은 작은아버지를 찾아낸 것은 어머니였다.

작은어머니가 '선생님.'하면서 거적대기에 덮인 작은아버지 시신을 향해 달려들 때

"같이 따라 죽을 것 아니면 수선 피우지 말아라. 저 자식들 눈을 봐라."

하는 말을 마지막으로 할머니는 이후 한마디도 하지 않았다. 우리들도 할머니의 냉한 표정에 따라 서로 눈치를 보며 말을 아꼈다.

다음 날이었다.

"아그들 애비는 그대로, 살아 있는 것 같드만. 사람은 죽

었는디, 어디 총 맞은 데도 없고 상처도 없고… 옷 입은 대로, 가만 누워 있었는디, 놀라 자빠진 것을 그냥 덮어 부렀는가, 산 사람을 구덕에 쳐넣었는가."

아버지와 작은아버지를 선산에 묻고 집으로 돌아온 어머니가 누구에게랄 것도 없이 마루 기둥에 기대앉아 중얼거리고 있을 때 군인 둘이 집으로 들어왔다. 순간 할머니와 어머니는 벌떡 일어서서 얼굴이 사색이 되어 서로의 손을 꼭 붙들었다. 그들은 작은아버지를 찾았다. 군인들은 앳되고 온순해 보이는 얼굴이었다. 한 사람은 목발을 짚고, 다른 한 사람은 머리에 붕대를 감은 채였다.

누구도 무슨 일이냐는 말을 꺼내지 못한 채 그들을 바라만 보고 있을 때 머리에 붕대를 감은 군인이 선생님을 찾으러 왔다고 했다. 순간 할머니는 '야 이놈들아, 이미 죽고 없는 사람을 뭣하러 찾느냐, 시신에 해꼬지라도 하러 왔냐, 이놈들아.'하고는 털썩 주저앉았다. 부들부들 떨며 '아이고 아이고.'하는 소리만 연신 내뱉을 뿐 말을 잇지 못했다. 주저앉은 자리에 오줌이 흥건했다. 다음 순간 이상한 일이 벌어졌다. 목발을 한 군인이 휘청하는가 싶더니 할머니 옆으로 가서 털썩 주저앉았다. 붕대를 감은 군인도 할머니 앞에 가서 무릎을 꿇고, 정말로 선생님이 돌아가신 것이냐고 물었다. 그들이 시종 울면서 들려준 말에 의하면 산사람들과의 교전이 있던 날, 총상을 입고 냇가에 쓰러져 있던 그들

을 작은아버지가 지서까지 옮겨 주었다. 모두 세 사람이었
는데 한 사람은 부상이 깊어 죽었다고 했다. 바로 왔어야
했는데 상처가 깊은 것은 다음 문제고 상부의 눈치를 보느
라 차일피일 미루다 늦어졌다고 했다.

나는 할머니가 밤늦도록 학교에서 돌아오지 않는 작은
아버지를 기다리느라 애를 태우며 사립문 밖을 서성였던
그날을 떠올렸다. 아버지는 어머니가 등 떠밀어 지서에 가
고 없었다. 그 이튿날 희끄무레하게 동이 틀 무렵에야 돌아
온 작은아버지를 뜬눈으로 밤을 샌 할머니는 맨발로 뛰어
나가 '아이고 이 사람아, 어떻게 된 일인가, 이 요란한 시국
에 가슴이 다 보타지고 쪼그라들었네.'하며 가슴팍을 두들
겼다.

그때 작은아버지는 평소 다니는 도랑가에 군인 셋이 총
을 맞아 지서 근처까지 업어다 주었다며 '피를 많이 흘려 살
았는지 모르겠다.'며 걱정했었다. 군인들은 살아서 찾아오
고, 작은아버지는 세상을 떴다.

군인들의 오열을 지켜보며 할머니는 오줌 흥건한 자리
에 주저앉은 채 곡을 하기 시작했다.

"아이고 그 속이 바다보다 깊고, 하늘보다 높은 내 새끼
들이 죽었네. 시집와서 딸 넷 내리 낳고 호랭이보다 무서운
시어매 앞에서 숨도 못 쉬고 살 적에 내 속에서 쑥 빠져나
온 천금 같은 내 새끼들. 하늘에서 별이 뚝 떨어진 거 맹키

로 세상을 다 가진 거 같았는디, 아이고 내 새끼들아…"

할머니의 곡소리는 흥건히 괸 오줌자리에서 그칠 줄을 몰랐다. 할머니는 자식들을 앞세운 건 자신의 욕심 때문이라고 가슴을 쳤다.

할머니가 고모들 넷을 시집 보낸 뒤 적적하다고 하며 아버지를 부추겨 안동에 있던 작은아버지를 집으로 불러들인 건 작년이었다. 적적하다는 것은 다만 핑계에 불과했고, 정작은 그가 낳은 아들 때문이었다. 내리 딸만 낳은 어머니에게서 자신 생전에 아들을 안아 볼 수 있을까 싶었던 할머니는 작은어머니가 아들을 낳았다는 소식을 듣자 아버지에게 은밀히 집으로 불러들이라 재촉했다. 내리 딸만 낳아 상할머니에게서 온갖 설움을 받은 터라 딸 넷을 낳은 어머니에게 드러내 놓고 아들 재촉을 하지 않았지만 작은아버지의 득남 소식을 접한 할머니는 그 손주가 안고 싶어 안달을 했다. 집으로 돌아온 작은아버지는 올해 초 또 아들을 낳았고, 교사였던 작은어머니는 시국도 시끄럽고 아들을 잘 건사하기를 바라는 할머니의 뜻에 따라 교사 생활을 그만두었다.

그날 할머니는 그 자리에서 그대로 쓰러져 다시 일어나지 못했다.

할머니를 생각하며 울먹이다 나무를 타고 내려오자 수염 덥수룩한 남자가 올라왔다. 행색으로 보아 산사람임에 틀림없었다. 그는 이 마을 어디에 부자가 사느냐고 물었다.

"저기, 저쪽에, 저기로 가면 부자가 살아요. 아주 쌀을 쟁여 놓고 살아요."

가 봤자 가지고 나올 것 하나 없는 영순이 집을 손가락질해 주었다.

"우리 동네보다는 저기로 가야 부자가 많아요."

아무래도 마음에 걸려 이번에는 건너 마을을 가리켰다. 그는 나에게 앞장서 길을 가르쳐 달라고 했다. 덜컥 겁이 났다. 귀를 자르던 경찰의 모습이 떠올랐다.

"예 예, 저를 따라오쇼. 우리 동네는 가난한께 저쪽 동네로 가는 게 좋아요."

다리가 후들거려 당산을 빠져나와 냇가 입구를 저만치 두고 줄행랑쳤다. 냇가에 이르러 그는 그 동네로 가려면 국군 초소를 지나야 한다는 것을 알게 될 것이다.

지금쯤 내가 사라진 것을 알고 가슴을 죄고 있을 어머니를 생각하자 걱정이 앞섰다. 낮에 영순이 집을 손가락질해 준 것이 내내 마음에 걸려 집에 있을 수가 없었다. 아니나 다를까, 산사람들은 어느 집을 털까 하고 살망살망 돌아다니고 있었다. 바짝 뒤를 좇다가 그들이 영순이집, 구산댁네를 향하고 있다는 것을 알았다. 가지고 나올 것 하나 없는데, 부자라고 한 거짓말을 믿다니. 그들이 구산댁네에 도착하기 전에 가서 이 사실을 알려야 했다. 여기서 구산댁네까지는 멀다. 저들을 뒤따라가면 먼저 당도할 수 없다. 지름길도 없다. 낭패다. 달리 방법이 없다. 내가 담을 좀 탈 줄 알지. 한 집을 타 넘고, 또 한 집을 넘으면 구산댁네다.

구산댁네에 당도하여 담을 타고 올라서서 보니 그들은 저쪽, 골목 입구에 들어서고 있었다. 마당 가운데 선 커다란 감나무를 타고 올랐다.

"구산 아줌니, 영순 엄니. 저 맹자구먼요."

소리를 낮춰 아줌니를 부른다. 다행히 아직 잠들지 않았는지 구산댁이 소리를 죽여 응답해온다.

"맹자야 니가 또 뭔 일이냐."

"아줌니 산사람이 와요. 시방 곧 도착혀요."

"알았다. 알았으니 어여 가거라."

무성한 감나무 가지들 중 오른쪽 튼실한 가지를 타고 구산댁 아줌니가 있는 방쪽으로 갔다. 어느새 그들은 담을 넘어 장독대 뒤에 몸을 숨기고 혹시 경찰이나 군인이 있나 염탐 중이다. 지붕 쪽으로 뻗은 가지를 타고 목소리가 새어나오는 방 쪽으로 뽀짝 붙어 아줌니를 부른다. 대답이 없다. 재차 부른다.

"아이고, 맹자야, 가거라, 가거라 이, 오지랖 부리지 말고 제발 덕분에 가. 나는 죽은데끼 숨도 안 쉬고 있을란께, 사달 내지 말고 얼릉 가거라."

"산사람들이 왔단께요. 얼릉 도망가세요."

"너 이녀러 가시나, 여기 뭐 하러 왔냐, 이 여시 같은 년이 이 시국에 어디를 나댕겨. 붙잡히기만 해라, 이 녀러 가시나를 콱 요절을 낼 거구마."

구산댁은 지금 산사람이 와 있다는 것을 잠시 잊은 듯 버럭 소리를 질렀다. 가는 곳마다 난리다. 지서에 신고하는 것보다 내가 알리는 것이 빠르다. 알려 봤자 서로 총질이 이어질 게 뻔하고 그러면 마을 사람들 목숨만 위태로울 뿐이로울 게 없어 숨길 건 숨기고 또 피하라고 알려 주는 것인데 고마워하기는커녕 뭐 하러 왔느냐, 시국이 어쩌고저쩌고 하며 오히려 혼을 낸다. 그러거나 말거나 수지기 업무를 수행할 뿐이다.

"아, 예, 예, 저는 이만 물러납니다."

문제는 다음 날 아침이었다. 불똥이 어머니에게 튀어 구산댁 아줌니랑 몇몇이 우르르 집으로 몰려와 한바탕 난리를 피웠다. 그 바람에 어머니에게서 된통 혼이 났다.

"좋은 일에 맹자 좀 내보내지 마소. 순경 군인들이 잠복을 해도 소용이 없는디, 아 그 사람들이 지서도 싹 꼬실라분 사람들 아니라고. 순경 군인들도 무서운께 해 떨어지기 전에 도망가 버린디 도토리 같은 것이 뭘 허겠다고 난리여. 겁도 없단께. 사립문도 꼭꼭 걸어둔디 담 넘어갖고 포롱포롱 나무고 지붕이고 타고 다닌께 막을 도리가 없어. 그냥 이불 속에서 나오도 못 허고, 고함도 못 지르고, 사람 죽겄어."

"참말로 미안하요. 글 안 해도 잡아두는디, 지그 언니랑 양손 꼭 붙들고 지켜도 여차하면 쥐 새끼같이 내빼분께 어째 볼 도리가 없소. 앞으로 사내끼로 꽁꽁 묶어서라도 그런 일이 없도록 헐라요."

"맹자 저것은 생긴 것은 째깐하고 빼빼하고 그래도 오지랖이 넓단께. 마을 사람들을 생각하는 맴은 눈물나게 고맙지만 시국이 요런께, 조심시켜야 안 쓰겠는가."

이불 속에 묻혀 구산댁 아줌니의 말을 들으며 서운한 마음이 들었다. 마을의 수지기가 되어 위험을 무릅쓰고 알려주는 것인데 칭찬은 못 해 줄망정 어째 불쌍한 우리 어머니에게 면박을 주는 것인가.

3

아버지와 작은아버지가 돌아가시고 버팀목이었던 할머니마저 그 뒤를 따른 뒤 서로 말은 하지 않았지만 우리는 모두 두려움을 느꼈다. 작은어머니는 어디서 배운 것인지 넋을 잃은 채 담배만 피웠다. 작은아버지가 돌아가신 뒤 배운 담배였다. 세 살 먹은 대호와 생후 오 개월에 접어든 대식이를 어머니에게 맡긴 채 밭일은커녕 집안일도 하지 않았다. 애기 젖을 물려야 할 사람이 담배를 피우는 것이냐고 책망할 만도 하지만 어머니는 아무 말도 하지 않았다. 마을에서도 담배를 피우는 여자들이 많았다. 연자 어머니는 할아버지가 담배를 말아서 준다고 하였다. 그거라도 하지 않으면 가슴이 막혀 숨을 쉴 수 없다고 했다. '핏덩이 같은 새끼들만 남겨 두고 갔으니 젊은 사람이 살아갈 일이 막막하겠지. 정숙이 어매도 사는디 어린 놈들 봐서라도 정신을 차려야 할 것인디…' 어머니는 나직이 중얼거렸다.

정숙이는 언니의 같은 반 친구였다. 내가 옥심이와 같은 처지에서 서로 친구가 된 것처럼 언니도 마찬가지였다. 정숙이 언니도 아버지가 이장이었는데 총살을 당했다. 아버지가 죽고 지서에서 임신한 어머니를 끌고 가 고문한 바람에 채 달을 채우지 못하고 죽은 아기를 낳았다. 그 충격으로 정신이 이상해진 어머니와 경찰을 피해 꽁꽁 숨은 오빠를 대신해서 정숙 언니는 할아버지와 함께 아버지 시신도 묻고 아기 송장도 묻었다.

"배 속에서 죽어 나온 애기를 묻을라 해도 마을에 남자들 다 죽어 불고 놉이 있어야지요. 호호백발 하나씨가 희컨 천으로 싸 놓고는, 힘이 없어 들지를 못허겄다고 '아가, 열세 살이나 묵었은께 니가 보듬으면 안 되겄냐.'해요. 그것도 사람이라고 무겁드만요. 가다가 하나씨가 멈춰서는 남의 뫼동 옆을 오부작오부작 파서는 묻으라 해요. 죽은 애기를 넣고 흙으로 덮고는 돌로 눌러놓았는데 하나씨가 가자고 해요. 머뭇거리는 제 손을 잡고는 '얼른 가자, 얼른 가자.'하고 잡아끄는 거예요. 산을 내려와 버린 하나씨도 야속하고… 그때로 해서 제가 할망구가 돼분 것 같아요. 그렇게 애기를 버리다시피 하고 온 것이 가슴 아프지만 또 살아야 하니까요."

무명베를 팔기 위해 나선 어머니 뒤를 언니 손 꼭 붙들고 뒤따라간 장에서 장돌뱅이가 된 정숙 언니를 만났었다. 뭐라도 먹어야 쓴다고 어머니가 데리고 들어간 팥죽집에서 정숙 언니는 언니 어깨에 얼굴을 묻고 울었다. 정숙 언니는 학교도 때려치우고 장돌뱅이가 되었다. 정숙 언니에게는 먹여 살려야 할 할아버지와 어머니가 있었다.

작은어머니가 애기를 강 건너 물 보듯 하며 담배만 피워 대고 있는 한편에서 언니도 방에서 꼼짝도 하지 않고 누워만 있었다. 우리는 돌아가면서 밥 당번을 했는데 둘이가 빠지니 그것이 오롯이 내 차지가 되었다.

오늘도 입을 댓 발이나 내민 채 밀을 들들들 갈다가 귀찮아져서 모양 좋게 수제비를 뜨지 않고, 그냥 통째로 끓는 물에 냅다 들이부었다. 더 곱게 갈고 감자도 얇게 썰어 넣었어야 했다. 밥상머리에서 언니는 '이거 죽이야? 우리가 소야?'하면서 숟가락으로 죽그릇을 뒤적뒤적했다. 어머니가 '이것도 감사하다. 맛나다, 어서 먹어라.'하지 않았다면 언니에게 덤빌 뻔했다. 애써 아무렇지 않은 척하며 '맛나

기만 하구먼.'하면서 그릇을 박박 긁었다. 언니가 숟가락을 탁 놓으며

"니는 밥만 처먹고 사냐. 어머니 이게 정말 맛있어요?" 하고 항변했다. 평소 말이 없던 언니였다. 언니는 나와 다르게 조용했고 곧 중학생이 될 꿈에 부풀어 있었다.

"밥도 중하지만… 꿈을 잃고 산다는 것이 어떤 것인지 그것이 무엇을 뜻하는지 아십니까?"

언니는 눈을 똑바로 뜨고 어머니를 바라보았다.

"왜 꿈을 잃어. 꿈은 꾸다 보면 이루어진다."

"어떻게 이루어져요. 아버지와 작은아버지 죽고 우리는 빨갱이가 되었어요. 그건 우리가 앞으로 아무것도 할 수 없다는 것을 뜻해요. 그건 또 여자만 남은 우리들에게는 세상이 무너졌다는 것을 말해요. 어머니가 아무리 밤낮으로 일해도 우리는 이런 소여물 같은 것만 먹고 살 수밖에 없다는 뜻이라고요."

"니 친구는 꿈이 없어서 지금 장돌뱅이가 됐나. 갸도 머스매들 제치고 반장 안 했나. 다 때가 오면 된다. 꿈도 중요하고 먹는 것도 마찬가지다. 할머니 말씀 잊었나. 같이 따라 죽지 않으려거든 눈빛을 보라고. 나는 니그들 눈빛 보고 산다. 오늘 아침 해 뜨는 거 못 봤나. 무심하게도 그 사람들이 가도 해는 뜬다."

대차나 언니 보란 듯이 한 숟가락을 떠서 입안 가득 밀

어 넣자 밀이 갈아지지 않아 한참을 씹어야 했다. 오래도록 여물을 씹는 소의 모습이 스쳤다.

모두가 흔들리는 가운데 중심을 잡은 건 어머니였다. 어머니는 그 많은 일을 혼자 하면서도 언니나 작은어머니에게 싫은 소리를 한다거나 신세 한탄을 하지 않았다. 어떤 내색도 없이 묵묵히 일을 했다.

그런 가운데 담배만 피우던 작은어머니가 친정으로 돌아가게 되었다. 식솔이 많아 입 하나 줄인다는 것이 이유였다. 아들 둘은 어머니가 맡아 기르고 작은어머니는 친정 일을 거들며 살 거라고 했다.

4

느닷없이 그간 발걸음을 끊었던 집안 어른들이 아버지가 지냈던 사랑채에 모습을 드러냈다.

사랑채는 늘 아버지가 머문 곳이었다. 이장이기 때문에 동네 남자들이 찾아와 이야기를 나누다 가기도 하고, 회관에 기거하면서 마을의 궂은일을 도맡아 하던 조샌 아저씨가 자고 가기도 했다. 잡혀가 다시 돌아오지 못한 그 전날 밤 아버지는 마지막으로 이곳에서 주무셨다.

그날 아침 언니가 밥상을 들고 들어오자 어서 아버지 밥

자시게 불러오라는 할머니의 명을 받고 사랑채로 달려갔을 때 아버지는 군인들에게 에워싸인 채 막 대문을 나서고 있었다.

'아버지.'하고 부르는 나에게 '할머니에게 걱정하시지 말라고 해라.'는 말을 남기고 아버지는 뒤돌아섰다.

벗겨진 고무신 한 짝을 손에 들고 안채로 내달려 그 사실을 알렸을 때 할머니는 상을 윗목으로 밀쳐 두고 허둥지둥 사랑채로 건너갔다.

"아이, 어서 이것 들고 뒤따르거라. 옷 꿰입을 틈도 주지 않고 끌고 간 모양이다. 필시 저그 그 논, 늘상 사람 잡아다 놓은 그쪽으로 갔을 것이다. 잠옷 바람에 춥겠다. 맹자야, 얼른 에미 데꼬 나서거라."

할머니는 사랑채에서 두루마기며 버선을 들고 와 보자기를 찾아 싸서 망연자실해 있는 어머니를 일으켜 세웠다. 그 틈에도 할머니는 어머니를 혼자 내보내지 않으려고 언니를 둔 채 늘 부잡스러운 사내놈 같다고 혀를 찼던 나를 닦달했다.

할머니가 이른 대로 그 논에 도착하자 과연 끌려온 사람들로 북적거렸다. 총을 멘 군인들이 차에서 한 무리의 사람들을 부려놓고 다시 오르자 죽창을 든 사람들이 끌려온 사람들을 데리고 갔다. 우리가 한청단이라고도 하고, 죽창단이라고도 하는 사람들이었다. 한청들은 군인들을 보조하면서 잡아 온 사람을 지키고 있는 듯했다. 군인들은 그들에게 붙잡아 온 사람들을 지키게 하고 또다시 잡으러 가는 모양이었다.

밭은 숨을 고르며 빠르게 눈동자를 굴려 아버지를 찾았다. 양지쪽에 무리 지어 앉아 있는 사람들 중에서 얇은 명주옷 차림의 아버지는 금방 눈에 띄었다.

나는 어머니 손을 끌고 아버지가 있는 곳으로 달음박질쳐 갔다. 아버지는 죽창을 든 사람과 무엇 때문인지 한창 실랑이를 벌이고 있었다.

"어이, 이제 가면 못 나온단 말이시, 지금 어수선한 틈을 타서 어서 피하소."

"무슨 죄가 있어 피한단 말인가. 문제가 있다면 밝혀야 맞는 것이지, 자네가 곤란해질 걸 뻔히 아는데 어찌 도망을 갈 것인가."

"시방 죄가 있어 사람들이 죽어 가는가. 가면 무조건이네. 조사고 뭐고 없네. 나는 하루에도 수십 번, 내 눈앞에서 죽어 가는 사람들을 보네. 내가 어떻게든 둘러대겠네. 나는 병신되는 걸로 끝나지만 자네는 이 세상에서 살 수 없네."

둘은 학교를 같이 다닌 모양이었다. 서로가 자신으로 인해 곤경에 빠질 것을 염려하며 실랑이를 벌이는 틈에 어머니가 옷 보따리를 내게 안겨 주며 등을 밀었다.

"옷 필요 없다. 금방 올 것인디 아녀자들이 겁도 없이 어딜 나댕겨. 여기가 어디라고 와."

아버지는 어머니에게 눈길을 주지 않은 채 나를 향해 말했다. 어머니가 곁으로 와서

"동지섣달입니다. 잠자리 옷을 입고… 보는 눈들이 있습니다."

어머니는 보자기를 풀어 옷을 들고 아버지 뒤로 갔다. 아버지는 순순히 어머니 뜻에 따라 두루마기를 걸쳤다. 나는 재빨리 버선을 들고 발밑에 꿇어앉았다. 아버지는 맨발인 채였다.

"할머니 걱정하신다. 어머니 모시고 얼른 돌아가거라."

그것으로 끝이었다. 아버지와 작은아버지는 지은 죄가 없다고 하는데 왜 끌려갔는지 궁금했다. 할머니와 어머니, 작은어머니는 두 사람이 어디에 있는지 애를 태우고, 언니는 꼼짝도 하지 않은 채 방에 누워 있었다. 집안 어른들은 혹시 우리 집안과 잘못 엮여 해를 입을까 두려워 발걸음도 하지 않고, 여자만 남아 있는 우리 집은 그야말로 속수무책이었다.

가만 집에만 있어서는 될 일이 아니었다. 나는 궁금한 것은 참지 못하는 성질이다. 모두가 쉬쉬하니 알아낼 방도가 없었다. 나는 여기저기 냄새를 맡기 위해 킁킁 코를 벌름대고 다녔다. 동네를 휘젓고 다니는 것은 나뿐이었다.

군인들이 날마다 죄 없는 사람들을 끌고 가 학교에 가둔

뒤 누에고치 창고로 보낸다는 것을 알아냈다. 콩나물시루 속 콩나물처럼 잡혀간 사람들이 빽빽이 들어차 있다고 했다. 수틀리게 하는 사람이 있으면 발가벗겨서는 얼어 있는 물을 퍼붓기도 하는데 순간 얼음 사람이 된다고 아이들이 말했다. 매일 이삼십 명씩 줄로 묶어 차에 싣고, 골짜기나 강변으로 가서 총살한 후, 구덩이에 몰아넣어 묻어 버린다고도 했다. 누구도 근처에 얼씬도 하지 못한다던 것이었다. 나는 직접 가 보기로 했다.

평소 학교에 오갈 때 아이들이 다니지 않는 지름길을 이용했다. 학년이 높은 오빠들이나 다니는 길이었다. 그 길은 험해서 지금은 산사람들이나 다니고, 군인들이 지키고 있어서 위험했다. 또 다른 길을 택했다. 나는 동굴전을 알고 있었다. 나만 아는 길이었다. 나처럼 쥐 새끼같이 빠르고 잘 숨을 줄 알아야 다닐 수 있었다. 나는 빼빼 말라서 벽에 착 달라붙을 수 있는 기술도 갖고 있다. 설령 들킨다 해도 그들은 나를 찾을 수 없다. 논두렁길을 지나 둑 밑으로 숨어서 보를 지나 도랑을 건너 마침내 면사무소 근처에 다다랐다. 사람 하나 보이지 않았다. 쥐 새끼처럼 포르륵 기고 날아 누에고치 창고가 있는 곳까지 갔다. 결국 아버지와 작은아버지를 찾는 것은 실패했다.

내가 아버지와 작은아버지를 구출하기 위해 노력을 기울이는 동안 문중의 어른들은 무심했었다. 할머니가 돌아가셨을 때조차도 시국 핑계를 대며 모습을 드러내지 않았다. 빨갱이라는 말을 들을까 쉬쉬했다. 그들은 문회를 열겠다며 우리 집에 모였다.

먼저 꺼낸 것은 양자를 들이는 문제였다. 우리 집에는 여자 여섯에 대호와 대식이, 유일하게 남자가 둘이었다. 여자들은 아무런 권리가 없다, 큰아들 대호를 아버지의 양자로 들이고, 산이고 논이고, 지금 지어 먹고 있는 전답까지 싹 정리를 해서 양자 앞으로 넘기라고 했다. 얼마 되지도 않은 재산이었다.

다음으로 문제 삼은 것은 작은어머니였다. 어머니에게 앞길이 구만 리 같은 청춘을 왜 친정에 보내지 않고 데리고 있으면서 고생을 시키느냐, 보내줘야 그쪽에서도 개가를 시키든지 하지 않겠느냐, 같은 여인네로서 그렇게 방치해 둘 일이 아니라 보내는 게 상책 아니겠느냐 하며 따지고 들었다. 나는 개가 이야기가 나오자 가슴이 덜컥했다. 옥심이 어머니처럼 가 버리면 어쩌나, 마을 여자들처럼 군인들이 채 가 버리지는 않을까 늘 걱정이었다. 한편으로 같은 여자인데 왜 작은어머니는 걱정하면서 우리 어머니를 닦달하는지 화가 치밀었다. 어머니가 여자로 보이지 않는 모양이었다. 여자들은 권리가 없다느니 하면서 어머니와 상의를 하는 것이 아니라 자기들끼리 미리 결정한 사항을 통보했다.

아버지는 엄하고 무서웠으나 어머니에게나 우리들에게

여자라고 함부로 대하는 일은 없었다. 어머니와는 무슨 일이든 상의했고, 우리들에게는 하나하나 설명을 하며 이해시켰다.

아버지는 할머니가 고모 넷을 낳은 뒤 귀하게 얻은 첫아들로 작은아버지가 태어나던 해에 할아버지가 돌아가신 탓에 7살 나이에 누나 넷과 남동생을 보살피는 가장이 되었다고 했다. 할머니를 도와 집안일을 하면서 가까스로 보통 학교를 졸업했다.

고모들을 음전하게 데리고 있다 시집보내려던 할머니는 행여 애비 없는 것이 흠이 될까, 마찬가지로 어렵게 얻은 두 아들에게 해가 될까 자식들에게 엄격했다. 할머니는 아버지가 출세하기를 바라며 상급학교에 가기를 바랐다.

아버지는 할머니의 뜻을 거역하고 집안을 지키기로 했다. 자신이 대처로 떠나면 누가 집안을 돌보겠느냐는 것이 아버지의 뜻이었다. 아버지는 독학하여 한자를 떼고, 마을 사람들을 가르쳤다. 아버지는 늘 붓을 들고 글을 썼는데 필체가 좋아 마을에서 눈 밝은 사람들은 글을 받고 싶어 했다. 어느 순간 아버지는 붓을 작은아버지에게 물려주었다. 아버지를 잃고 여자들만 있는 집에서 늘 마음이 허했던 아버지는 장남으로서 가족 모두에게 힘이 돼주고 싶었다.

아버지는 작은아버지를 가르치기 위해 많은 힘을 쏟았다. 열아홉 살에 스물셋의 어머니를 맞아 작은아버지를 사범학교에 보내려는 뜻을 말했다. 어머니는 어린 시동생을 바라보며 언제 키워서 선생을 만들 것인가, 아뜩했다. 그런 어머니의 속내를 알아차린 아버지는

"쟈를 가르쳐 놓으면 후제라도 우리 자식들을 외면하지 않을 거요."

가르쳐 놓으면 자식들을 책임져 줄 거라는 말을 믿고, 어머니는 돈이 되는 일은 무엇이든 했다. 삼 받아서 삼베 만들어 팔고, 목화 사다가 무명실 뽑아서 팔며 농사를 지으면서도 길쌈을 멈추지 않았다. 그렇게 뒷바라지한 결과 작은아버지는 선생이 되어 첫 발령을 받아 안동으로 떠났다. 아버지와 어머니는 가난했음에도 불구하고 어떻게든 가르쳐서 작은아버지를 부잣집 아들들만 가는 사범학교에 보내 선생을 만든 것이다. 우리 면에서 모두 네 사람이 학교를 갔는데 사람들은 우리 집을 부자로 알았다. 아버지는 작은 아버지가 선생이 된 것은 어머니 덕이라고 늘 치하하고 따뜻하게 대했다.

작은아버지를 공부시키느라 고생한 어머니에게 아버지는 늘 미안한 마음을 갖고 있었다. 또한 딸만 넷을 낳아 할머니에게서 눈총을 받고, 작은아버지가 배운 여자와 결혼한 데다 연달아 아들 둘을 낳자 잔뜩 위축된 어머니를 안쓰러워했다. 아버지는 소죽을 끓이거나 할 때면 어머니에게 눈길을 주며 옹기종기 아궁이 앞에 모여든 우리들에게 말

했다.

"잘만 하면 느그들 다 대학교꺼정 보내 줄 거구먼. 말 잘 듣고, 코 안 흘리면 대학교꺼정 보내 주고, 말 안 듣고 코 흘리면 안 보내 준다."

그렇다고 아버지가 우리들을 특별히 예뻐한 것은 아니었다. 아버지가 밥을 드실 때면 우리들은 밥상머리 앞에 조르르 무릎을 꿇고 다 잡수도록 앉아 있었다. 아버지는 키가 크고 콧대가 높았다. 훤칠하여 두루마기 입고 있으면 선비처럼 보였다. 그런 아버지를 무서워하면서도 우상처럼 받들었다. 아버지와 언감생심 대화도 뭣도 할 엄두조차 낼 수 없었으나 무르팍도 아프고 몸이 뒤틀려 올 때쯤이면 질문을 했다. 언제나 질문을 하는 것은 나였고, 그때마다 어머니는 눈총을 주었다. 무르팍을 더 오래 꿇고 앉아 있어야 하는 언니나 동생도 마찬가지였다. 엄격한 아버지지만 무르팍을 꿇고 조용히 앉아 있는 것을 견딜 수 없었다.

"아버지, 우시가 뭐여요?"

아버지는 말이 없었다. 그러거나 말거나 나는 질문을 이어가며 슬며시 자세를 바꿨다.

"니와도리는 뭐예요? 부따는 뭐예요?"

아버지는 여전히 묵묵부답이었다.

"이건 참말로 궁금한 것인디 어째서 사람들은 작은아버지한테 마소오까 센세라고 하는 거여요? 우리는 이 씨니까

이 선생이라 하면 될 것을…"

밥을 다 드신 아버지가 밥상을 물리며 한마디했다.

"우시는 소, 니와도리는 닭, 부따는 돼지, 이건 너도 다 아는 것 아니냐. 그리고 마지막은 니가 궁리해 보아라." 하고 빙그레 웃었다. 그러는 사이 내 다리는 어느새 양반다리가 되어 있었고, 언니는 백짓장이 되어 울음이 터져 나올 것 같은 얼굴을 하고 있었다. 엄했지만 내가 물어보는 것이면 무엇이든 대답해 주었던 아버지였다.

아버지가 그토록 존중했던 어머니를 지금 문중이라는 이유로 저들은 닦달하고 있다. 나는 한마디도 하지 않고 고개를 숙인 채 당하고만 있는 어머니를 실눈을 뜨고 지켜보았다. 어머니의 어깨는 좁아 보였고 얼굴은 어쩌자고 어느 때보다도 예뻐 보였다. '니그 어매는 얼굴이 흐컨 것이 세수만 해도 주변이 훤허다. 참말로 박꽃 같이 이쁘다.'했던 외할머니의 말이 떠올랐다.

나는 벌떡 일어나 어머니를 위해 항변하고 싶었다. 사전에 어떤 일이 있어도 나서지 말고 조용히 있어야 한다는 어머니의 당부가 있었으므로 어머니 등뒤에 숨어 꾹 참았다. 구석대기에 처박혀 모로 누워 살풋 잠이 들었다. 어수선한 소리에 눈을 뜨자 문중 어른들이 방을 나서고 있었다.

뒤따라가 사립문까지 배웅을 하고 방으로 들어온 어머니는 호롱 속의 솜뭉치 끝에서 하울하울 춤추고 있는 불꽃을 물끄러미 바라보았다.

"내가 어머니, 간지대 끄트머리에다가 저 호롱불 매달아서 저 영감들 집구석 지붕 위에 던져불라네."

어머니가 화들짝 놀라며 와락 달려들었다. 나를 붙들고 이놈의 가스나가 보고 배운 근본 없이 어디서 그런 못된 생각을 하느냐며 두들겨 패기 시작했다. 나는 힘없는 어머니의 주먹을 뿌리치지 않고 감당하기로 했다. 나를 패는 것도 힘에 부쳤는지 이내 멈추고 한참을 흐느꼈다. 어머니는 다시 나를 끌어안고는 '그래도 내 편은 니 밖에 없다.'하고 은밀히 속삭였다.

5

앞길이 구만 리인 청춘을 잡아 둘 수 없어서 대식이와 대호를 떼어 놓고 친정으로 보냈던 작은어머니는 채 한 달도 되지 않아 집으로 돌아왔다. 작은어머니는 저 살자고 어린 자식들 남겨 놓고 떠나왔다는 생각에 견딜 수가 없었다고 하였다. 무엇보다도 남자라는 견고한 울타리가 무너져 버린, 여자들만 남아 있는 집에서 덩그러니 홀로 세상과 맞서며 살아갈 어머니를 생각하자 자신이 한없이 비굴하고 형편없는 사람으로 여겨져 다시 올 결심을 굳혔다고 했다.

그 사이 작은어머니는 통통했던 얼굴 살이 빠져 홀쭉해지고 눈이 퀭했다. 작은어머니는 친정 오빠가 자신의 개가를 준비하고 있었다는 것을 친정에 가서야 알았다. 그쪽도 자식이 있었는데 그 집에 들어간 첫날 대식이 대호가 눈에 밟혀 뒤도 보지 않고 나왔다고 했다. 작은어머니는 평생 선생의 아내로, 선생 사모님으로 대호와 대식이를 키우며 살기로 작정했다며 어머니에게 어떻게든 밥값은 할 것이니 내쫓지만 말아 달라고 했다. 수도 놓고, 뜨개질도 해서 내다 팔면 살림에 보탬이 되지 않겠느냐던 것이었다.

나는 학교길에 나선다. 언니는 죽어도 마다해서 홀로 가는 길이다. 책보 안에는 간밤 작은어머니가 준 붓이 들어 있다. 작은어머니는 언니와 나를 불러 아버지가 작은아버지에게 물려준 붓을 우리들에게 돌려주고 싶었다고 하며 어머니가 그랬던 것처럼 자신도 손닿는 대로 우리들을 뒷바라지하겠다고 말했다. 누구든 이 붓을 지니고 작은아버지처럼 선생님이 되었으면 좋겠다는 뜻도 덧붙였다. 언니는 붓을 슬며시 내 쪽으로 밀었다. 자신은 집에서 두 어머니를 돕고 상급학교 진학은 차차 생각해 보겠다고 했다. 어머니는 두었다가 대호에게 주라고 만류했지만, 작은어머니는 아직 어린 대호보다는 쓸 사람이 써야 한다며 자신의 뜻을 굽히지 않았다.

나는 지금까지 1등을 놓치지 않았다. 집에서 책보를 풀기 싫어 학교 오가는 길에 손바닥에 써서 다니면서 다 외워버렸다. 세 고개를 넘는 동안 얼마든지 가능했다. 이제 그런 꾀를 부리지 않을 것이다. 책보도 아무 데나 던져 놓고 다음 날 아침 찾느라 집안을 발칵 뒤집지 않을 것이며 상머스마라는 말도 듣지 않도록 할 것이다.

발걸음도 조신하게 어느덧 나는 지서 가까이 왔다. 뉘어 있던 벌그레한 몸들이 눈앞을 스쳤다. 지서 앞 그림자도 얼씬하지 않던 곳에 모여있는 사람들이 보였다. 조신했던 발걸음이 빨라졌다. 나는 사람들을 헤치고 앞으로 갔다. 거기 지서 앞에 금자 고모가 서 있었다. 이상했다. 질끈 묶고 다니던 머리는 산발이 되고, 흰 무명 저고리 앞섶이 풀어 헤쳐졌으며 맨발인 채였다. 그때 지서 안에서 경찰 하나가 귀를 움켜잡고 튀어나왔다. 그의 한 손에는 총이 들려 있었다. 분명 그는 시신을 끌고 나와 귀를 자르던 경찰이었다.

금자 고모의 손을 보았다. 금자 고모는 피가 잔뜩 묻은 자신의 손을 들여다보고 있었다. 금자 고모의 펼쳐진 손에서 내가 본 것은 분명 귀때기였다.

"저 문댕이 같은 자슥이 금자를 꼬여 내갖고 으슥한 데로 데리고 가는 것을 봤다는 소문이 헛소문이 아니었던 거라."

구산댁 아줌니가 말했다. 금자 고모를 향해 달렸다. 나는 궁금한 것은 참지 못한다. 그것이 귀때기인 것인지 직접 확인해야 한다. 무엇보다 지금 금자 고모가 위험하다. 달리면서 길가에 핀 호박꽃을 보았다. 아침 이슬을 받은 그것은 유난히 노랗고 예뻐 보였다. 불현듯 그것이 밤하늘의 별을 닮았다는 생각이 들었다. 간밤 하늘에서 떨어져 내린 별이거나 미처 하늘로 오르지 못한 별. 커다란 호박꽃에서 아버지의 얼굴을 보았다. 아버지는 환하게 피어 달려가는 나의 걸음을 응원하고 있었다.

"맹자야, 니 어디 가냐. 나랑 같이 가자, 이 가시내야."

저쪽에서 소리를 지르며 빠른 속도로 나를 향해 달려오는 이는 옥심이였다. 수양딸로 가지 않겠다더니 버티기에 성공한 모양이었다. 나는 옥심이가 제법이라고 생각했다. 멀리서 아스라이 구산댁 아줌니의 소리가 들려왔다.

'아이고 맹자야, 거기를 왜 가냐, 아이고 이를 어째, 맹자야, 이리 와라, 이리 와라 이. 맹자야, 제발 덕분에.'

나무에 대한
예 의

1

    여름 들어 엄마는 식욕이 뚝 떨어지면서 도대체가 배는 고픈데 먹을 수가 없다고 했다. 평소 텔레비전 요리 프로그램을 보면서 입맛을 다셨던 음식들을 죽어라 생각해도 떠오르지 않고, 요행히 번쩍 튀어 오른 것도 막상 먹자고 작정하면 입맛이 천리만리 달아난다고 하였다.

    한번은 '어릴 적 엄마가 해 주던 개떡이 먹고 싶다.'고 했다. 멸치 육수를 내어 밀가루 반죽 뚝뚝 떼서 수제비를 끓이다가 채 썰어 둔 애호박 넣을 때 남은 반죽을 손바닥만

하게 펴서 익힌 게 개떡이었다. '어린 날 엄마가 소쿠리에 건져 쫀득하니 말려 배고플 때 건네주면 그게 그리도 맛있더라.'하고 입맛을 다셔 그대로 해 주었다. 엄마는 마주하자마자 오만 정이 떨어진다며 접시를 밀어냈다.

"무엇이라도 꾸역꾸역 욱여는 넣는다만 모래 씹는 거 같아서 결국은 뱉어내. 살아 보겠다고 먹는 것도 가증스럽고…."

급기야 엄마는 탈진하여 입원했다. 해마다 기록을 경신하는 무더위 탓에 병실은 노인들로 넘쳐 예약도 어려웠다. 깔끔한 성격에 사람들과 쉬이 섞이지 못하여 다인실을 꺼리는 탓에 병실이 나기를 기다려야 했다. 요행히 그 병원에서 수간호사로 근무하는 친구의 귀띔으로 가까스로 3인실에 입원할 수 있었다.

처음 입원했을 때만 해도 더위 탓이려니 하고 대수롭지 않게 여겼다. 집에 에어컨을 들여놓고도 전기세가 두려워 선풍기에 의존하는 것을 두고 실랑이를 하니 차라리 시원한 병실에서 지내게 하는 게 낫겠다 싶었다. 이 기회에 바쁘다는 핑계로 소홀했던 건강을 살펴드리자 작정했다. 영양 주사도 맞게 하고, 음식도 챙겨 먹이자 하였다. 입맛은 쉬이 돌아오지 않았다. 처음 과일즙을 내고 녹두죽을 쑤어다 병실에 가져갔을 때만 해도 뜨다 말지언정 먹는 시늉이라도 했던 탓에 별반 걱정하지 않았다. 점차 숟가락을 들다 놓기를 거듭하다가 번번이 상을 물렸다.

당신이 즐겨 먹던 음식들을 기억해내어 하나하나 들춰 가며 입맛을 돋우려 애썼다. 거푸 도리질하는 모습을 보며 어린아이에게 하듯 어르고 달래고 다독였다. 으박지르기도 했다. 푸욱 고아 흐늘흐늘해진 삼계탕이 먹고 싶다 했다가 내장까지 죄다 넣고 쑨 쌉쓰름한 전복죽이 먹고 싶다고도 했다. 네 칸 접집에 살 때 할머니가 해 준 것이라느니 집도 절도 없이 떠돌 때 먹고 싶던 것이라 말했다. 삼계탕이니 전복죽이 먹고 싶은 것이 아니라 어느 한 시절의 한 때, 혹은 그 너머의 어떤 것에 사로잡혀 있는 것처럼 보였다. 일단 들먹이는 음식들은 무엇이든 해 바쳤다. 아는 사람에게 특별히 부탁하여 좋다는 약재들을 넣고 푹 고아낸 삼계탕도 산지에서 직접 구입하여 쑤어 준 전복죽도 한참을 들여다보다가 숟가락을 놓았다. '흐컨 구멍이 어른거린다.'는 말을 내뱉은 것도 이즈음이었다. 맥이 탁 풀리면서 바짝 신경이 곤추섰다. 노모의 입에서 사라지지 않고 끈덕지게 달라붙어 툭하면 등장하는 그 말에 욕지기가 일었다. 동생들의 만류에도 다시 받아들인 것은 지난날의 행위를 되풀이하지 않을 것이라는 다짐이 있었기 때문이었다.

평생을 엄마와 동생들 뒷바라지하느라 꿈을 저당 잡혔다. 근근이 두 가지 일을 병행해 오다가 글을 쓰는 일에만 집중하자고 결단을 내린 것과 동시에 일이 터졌다. 엄마는 내 삶을 지배하는 시시포스의 바윗덩어리와 같은 존재였다. 산정상에 올려놓고 지렛대 받쳐 단단히 고정시켜 놓았다 해서 안심할 수 없는, 언제든지 굴러 내려 내 앞을 턱 막는 바위였다.

틈틈이 정성을 다하여 음식을 해서 병원으로 갔다. 오늘도 엄마는 숟가락을 든 채 음식을 들여다보다 가만 내려놓았다. 고개를 모로 튼 채 창밖을 바라보다 성화에 못 이겨 한두 술 받아먹는가 싶더니 손사래를 치며 침대에 누웠다. 한술만 뜨자고 침대 버튼을 눌러 세우자 마지못한 듯 일어나 앉아 입을 꾸욱 다물었다. 흐컨 구멍이 어른거린다는 말이 떠오르면서 저 깊은 곳에서 스멀스멀 분노가 끓어올랐다.

"지금 입맛이 문제가 아니라고요. 살아야죠."

거기서 멈춰야 했다. 나는 먹지 못해 죽어 간, 배가 등에 붙은 채 숨을 거둔 사람을 생각해서라도 먹어야 한다고 부추겼다. 준비한 음식 앞에서 미안해하면서도 먹지 못하는 그 심정이 오죽할 것인가 측은한 마음이 없지 않았으나 고개를 외틀고 앉아 있는 모습을 대하자 심사가 꼬였다. 나는 말없이 탁자 위 음식 담긴 통들의 뚜껑을 닫고 주섬주섬 가방에 담았다. 그간 손도 대지 못한 채 고스란히 남긴 음식들은 병실에 있는 사람들과 나누었으나 오늘은 그럴 기력마저 없었다.

애초에 강변을 걸어 보자 하고 차를 두고 나온 터였다.

음식물 든 가방이 다소 부담스러웠으나 스멀거리는 기분을 안고 집으로 갈 수는 없었다. 흐컨 구멍이라는 말이 나왔을 때부터 마음은 줄곧 강변으로 향해 있었다. 엄마는 그 말을 시작으로 허공을 응시하며 움찔움찔 놀랐고, 마치 무언가에 쫓기듯 주변을 두리번거리는가 하면 허둥거렸다. 급기야 식음을 전폐하고 누워 있다가 집을 떠났다.

강변은 이 도시를 대표하는 명소가 되었다. 초등학교 때 여름이면 선생님들의 인솔 하에 같은 학년들끼리 무리 지어 멱을 감으러 왔었다. 육·칠십여 명이 한 교실에서 공부했던 그때는 선풍기도 없던 시절이어서 자주 천변이나 숲으로 피서를 갔다. 한 학년이 대략 12개 반이었으니 첨벙첨벙 물에 뛰어든 아이들로 강이 가득 찼다. 물에 대한 두려움이 있었던 나는 선생님의 눈을 피해 천변에 늘어선 오래된 벚나무들 사이에서 저 끝, 징검다리 초입에 유일하게 홀로 선 수양버드나무 뒤로 몸을 숨겼다. 하늘을 향해 가지를 치뻗은 벚나무들과 달리 주욱주욱 아래로 내리뻗은 줄기들로 내 몸을 감쪽같이 가려 주었다. 수영을 하지 못하던 나를 감춰 주고 위무해 준 나무에서 위안과 평안함을 느낀 후 틈날 때마다 이곳을 찾았다. 집을 나간 엄마를 기다린 곳이기도 했다.

뒤로 야트막한 산 아래 언덕에는 무덤 다섯 채가 잘 정돈된 집처럼 따사한 햇살을 받으며 봉긋 솟아 있었다. 그 광경은 내게 평화와 안락함을 안겼다. 흐르는 강물은 하늘에서 쏟아내는 빛과 더불어 수많은 윤슬들의 향연을 연출해냈다. 그에 넋을 뺏겨 노모를 기다리는 것도 잊을 정도였다.

향연에 취해 있는 사이, 서쪽 하늘에서 태양이 이글거렸다. 밤은 순간에 왔고, 별이 돋아나기 시작했다. 별들을 세다 보면 그중 하나가 이야기를 걸어왔다. 밤에도 강물은 내려앉은 달빛과 별빛을 담고 같이 흘렀다. 엄마는 나를 홀로 둔 채 떠났지만 수양버드나무와 강물, 햇살과 달빛과 별빛은 언제든지 어린 나를 세상으로부터 안온하게 유리시키고 품어 주었다.

영훈이가 있는 곳이기도 했다. 별은 언제나 영훈이를 중심으로 움직였다. 집에서 영훈이를 안고 올려다본 별은 아이가 묻히던 날 이곳까지 따라왔다. 집은 우주 구조의 중심점이고, 별들은 한 사람의 거주지를 중심으로 빙 돌면서 따라 움직인다는 것을 나는 그때 알았다.

젊은 날 잠시 이 도시를 떠나며 영훈에게 작별 인사를 하러 왔을 때만 해도 무성했던 수양버드나무는 10여 년이 지나 다시 찾았을 때 흔적조차 남아 있지 않았다. 그것은 영훈이가 떠난 이상으로 충격을 안겼다. 영훈이가 있고, 함께한 모든 시간이 배어 있는 친밀한 장소였다. 별과 달과 강물과 빛나는 윤슬을 만나 사람보다 더 큰 위무를 받았다. 특히 수양버드나무는 만질 수 있고 기댈 수 있는 실체였으며, 하늘에 닿을 수 있고, 뿌리를 따라 저 깊은 심연에 닿을 수 있는, 그야말로 무한한 세계였다. 버드나무는 언제든지 나와 영훈이를 받아주었다. 한순간도 잊은 적 없던, 영훈이와 나의 집이라 확신했던, 하늘에 있는 그 아이와의 영혼이 연결되어 있다고 믿었던 나무를 누가 베었을까. 우리에게서 집을, 그 깊은 친밀감을 앗아간 이는 누구인가.

2

나는 전생에 나무꾼이었을까? 그것도 수백수천 년 된 거대한 몸집의 고목만 베어낸….

지난밤 남편과 소주를 사이에 두고, 탐욕스러운 식탐으로 인해 자신의 몸을 갉아먹다 죽어 간 나무꾼에 대해 이야기하던 중 불현듯 그런 생각이 스쳤다.

"왜 신화에 나오잖아. 숲의 여신에게 봉헌된 숲을 도끼로 쳐 내다 열몇 아름이나 되는 나무를 베어 버려 걸신들린 남자. 노여움이 극에 달한 숲의 여신은 기아 여신에게 나무꾼의 배 속으로 들어가 음식물이 쏟아져 들어와도 끄떡없이 버티면서 계속 시장기를 불어넣으라고 명하지. 나무꾼은 쉬지 않고 먹어도 몰려드는 시장기를 감당하지 못했어. 하늘과 땅, 바다에서 나는 것들을 죄다 사들여 쉼 없이 먹어대면서도 허기에 시달렸지. 결국 먹는 것으로 재산을 탕진하고 하나밖에 없는 딸을 노예로 팔아넘겨 먹을 것을 사들이기로 해. 여신이 아꼈던 나무를 베고 여신을 모독한 죄로 최후엔 자기 몸뚱이까지 뜯어 먹다 숨이 끊어진 뒤에야 여신의 복수에서 놓여났어. 그의 몸에서 최후에 남은 건 이빨이었어."

"끔찍하네, 이빨이 남았다는 건 언제든지 씹어먹을 것을 기다린다는 거 아냐?"

남편의 말을 들으며 자기 몸까지 뜯어먹고도 사라지지 않은 탐욕과 집요함이 나는 끔찍하게 여겨졌다.

"아, 나무꾼의 딸, 노예로 팔려 간 딸은 그걸로 끝이야?"

남편이 물었다. 딸은 자신의 운명에 순종하지 않았다. 비록 탐욕스러운 아버지일지언정 그를 위해 기꺼이 노예가 되기로 했다가 바닷가에서 어부에게 팔리기 직전 바다신에게 빌었다. 운명이 바뀔 절체절명의 순간에 무릎을 꿇고 노예에서 구출해 줄 것을 호소했고, 신은 딸이 팔리기 직전 본래의 모습으로 되돌려 주었다. 듣고 난 남편은 나무꾼의 딸이 나를 연상시킨다며 피식 웃었다.

어제따라 일찍 들어온 남편은 무료한 듯했다. TV 채널을 돌려 보고 휴대전화기를 들여다보던 그는 깜박 잠이 들었는지 조용했다. 한잠 자고 일어난 그가 흠흠 헛기침을 하며 주방에서 달그락댔다. 나는 몹시 거슬렸다. 그는 언제나 맛을 음미하는 정도의 소식을 하고 끊임없이 음식에 연연했다. 배가 고플 때 무엇으로든 후딱 허기를 채우는 나와는 대조적이었다. 먹는 행위는 남편에게는 미식이었고, 나에게는 생존이었다. 허기질 때면 남편은 배고픔도 불사하며 원하는 것을 먹었으나 나는 배를 채울 수 있다면 무엇이든 족했다.

남편이 서재 문을 두어 번 두드렸을 때 나는 식탁으로 가 앉았다. 포도, 복숭아 몇 점, 반숙의 계란프라이, 칼집 낸 수제 소시지가 담긴 접시들이 정갈하게 놓여 있었다. 출출한 배를 채우기 위한 것이라기보다는 술을 마시며 음미할 우아한 안주였다. 술병을 든 채 나를 바라보고 있는 그에게 잔을 건성으로 내밀며 소시지를 단숨에 먹어 치웠다. 계란프라이 담긴 접시도 뚝딱 비웠다.

술을 따르기도 전에 안주를 비우고 복숭아를 찍어 입안 가득 밀어 넣는 나를 보며 남편은 어깨를 으쓱했다. 눈이 마주쳤을 때 나도 같은 제스처를 취했다. 어울리지 않는, 어색하고 경망스러운 몸짓이었다.

"이즘 식욕이 당겨. 허기지고 식탐도 생기고. 내 몸에도 누군가 들어와 있는 것은 아닐까? 신화 속 그 남자처럼."

말을 뱉고 나는 이내 수긋해졌다. 살이 오른 듯하다며 남편의 눈이 내 턱을 거쳐 가슴을 훑는 사이 접시에 놓인 포도를 알알이 따서 입에 넣고 그제야 앞에 놓인 술잔을 비웠다.

남편을 처음 만난 건 이십 대 초 대학 근처의 음악다방에서 잠시 디제이를 하던 때였다. 상경하여 재수를 한 끝에 집으로 내려와 원서를 쓰고, 친구와 들어간 음악다방에서 좋아하는 팝가수에 매료되어 시작한 일이었다. 첫 휴가를 나온 남편이 아르바이트하는 대학 후배를 찾아왔을 때 나는 뮤직 박스 안에서 헤드폰을 낀 채 헤비메탈을 듣고 있었다. 붉은색 스웨터를 입고 단발 생머리를 찰랑대며, 허리를 꼿꼿이 편 채 앉아 있는 모습이 꽤 도발적이었다고 남편은 말하곤 했다. 제대 후 복학을 하고 나와 만나 오면서 남편이 결혼을 결심한 것은 콧대를 눌러놓고 싶게 만든 도도한 첫인상과는 달리 조용하고 차분한 목소리 때문이었다고 했다.

평소 전형적인 자수성가형이니, 삶에 대해 도전적인 반면 성실하다는 말과 더불어 자주 듣던 말이었다. 나는 그 말들에 대해 일정 부분 수긍했다. 어릴 적부터 극한의 삶을 살며 견디고 버텨 온 것이 타인의 눈에는 도전적으로 보였을 것이며, 일찍이 소녀 가장 역할을 떠맡아 동생들을 책임졌던 것이 성실하게 비쳤을 거라고 생각했다. 대체로 성실이라는 말을 신뢰하며 살았다.

남편은 어떤 조직 아래서 지시를 받으며 하는 일도 그렇다고 주도면밀하게 조직을 끌어가는 일도 하지 못하는 사람이었다. 잘 나가는 직장에서 일주일을 버티지 못했고, 몇 번 시도한 사업도 현상 유지만 하다 접곤 했다. 언제든 훌쩍 떠날 수 있는 직업을 최상으로 여겼던 그가 선택한 것은 자연이었다.

둘은 별다른 문제 없이 살아왔다. 걸리는 것이 있다면 음식에 관한 것이었다. 남편의 식습관은 특별히 좋아하는 것도 없고, 먹는 것을 그닥 즐겨하지 않은 나와는 대조적이었다.

각지를 떠돌며 유기 장사를 했던 시할머니는 돈을 만지는 여성으로서 집안 내에서 목소리를 낼 수 있는 위치에 있었다. 남편은 시아버지가 철도기관사였던 탓에 농사에 의존하던 여느 사람들에 비해 먹고 사는 일에 구애받지 않고 자랐다. 어린 날 퇴근하는 아버지가 생선을 사서 자전거 뒤에 싣고 오곤 했는데, 언제나 팔딱팔딱 뛰는 크고 싱싱한 것이었다고 자랑하곤 했다. 그것은 늘 사라지곤 하는 엄마로 인해 내가 외가에 맡겨졌을 때 외할머니의 밥상에서 만나던 생선과는 대조적이었다. 외할머니는 소금 간이 잔뜩 밴 갈치를 구워 두툼한 살이 박힌 가운데 토막은 외할아버지와 남자들에게, 꼬리 부분은 여자들에게 분배했다. 나는 바짝 마른 꼬리 한 도막으로 꽁보리밥 한 그릇을 비우곤 했었다.

시어머니가 시집 살던 경험을 말할 때면 언제나 밥상과

관련된 것이었다. 시할머니는 장사를 나가지 않은 날이면 마을 사람들을 불러들여 곧잘 음식을 대접했다. 시어머니는 홀로 농사지으며 음식 장만하던 그때를 떠올리며 몸서리치곤 하면서도 평생을 음식에 대한 자부심으로 살았다. 간장 된장 고추장과 같은 것은 물론이려니와 서대회, 전어회 등 계절 음식들을 대량으로 해서 전국에 흩어져 사는 자식들은 물론 친척들에게 보내 주었고 명절이나 제사 때도 마찬가지였다. 그때마다 나는 종일 시어머니 곁에서 수발을 들어야 했다.

"당신 집 사람들은 먹기 위해 사는 사람들 같아."

차마 이 말을 뱉지는 못했지만 쉴 틈 없이 음식 판을 벌이는 시댁 식구들에게 혀를 내두를 지경이었다. 그렇다고 그들이 대식가는 아니었다. 단지 맛을 음미하는 정도의 소식가요 미식가였다. 시어머니는 내내 음식을 장만했고 가족들은 맛을 음미했다.

그것은 하루 세 끼 상을 차리는 이외에는 '군음식'이라 하여 먹지 않았던 우리 집과는 다른 풍경이었다. 나는 음식에 있어 금기시하는 것이 많았다. 음식을 만들 때는 몇 번이고 손을 씻었고, 머리를 단정히 하였으며 앞치마를 둘렀다. 남편은 그런 나를 보며 제례 의식을 행하는 사람 같다고 했다.

폭식을 할 때가 있기는 했다. 폭음을 했을 때였다. 술을 마시는 동안 손도 대지 않던 음식을 술이 취하면 걸신들린 듯 입안에 밀어 넣었다. 평소 금식에 가까운 식사량은 의식을 놓는 순간, 취기 속에서 엄청난 식욕을 불러일으켰다. 그런 날은 남편과의 잠자리도 격렬했다. 마치 흡혈귀처럼 이빨을 드러내어 남편의 몸 곳곳을 훑고 다니며 물고 또 빨아들였다.

남편은 나의 그런 행위 속에서 황홀함이나 만족감보다는 두려움을 느끼곤 한다고 했다. 도통 말이 없는 내게서 갑갑증을 느낄 때도 있으나 그런 날이면 내가 어떤 사람인지, 어떻게 살아왔으며 무슨 생각을 하고 사는지 궁금해진다고 하였다.

"모든 존재들에게는 공격과 방어 본능이 있잖아. 공격을 받으면 곧 방어 태세를 갖추지. 인간의 감추어진 공격성은 식욕과 성욕으로 나타난다지? 그럴 때 사람의 이빨은 무기가 된다는데 당신 술 마실 때 말이야, 음식을 먹어치움으로써 누군가에 대한 미움을 대신하는 거 아니야? 무의식 창고에 저장돼 있는 누군가에 대한 원망을, 이빨로 물어 씹으면서, 무자비하게 공격하는…."

남편은 자신의 술잔에 남아 있는 술과 빈 접시들을 번갈아 바라보고는 자리를 떴다.

3

연일 계속되는 열대야로 몇 차례씩 잠에서 깼다. 지난 저녁, 병실에 싸 들고 갔던 우거지 고사리 듬뿍 넣은 장어탕을 식탁에 내놓았다. 음식을 삼키지 못해 링거 꽂고 계시는 분이 이걸 드실 수 있느냐는 남편의 물음을 흘려들으며 장어탕을 한 대접 먹어 치웠다. 위에 부담이 갔던지 밤 내 잠 못 이루고 뒤척이다가 급기야 일어나 거실로 나왔다. 휴대전화의 시침은 3시를 가리키고 있었다. 손가락들을 죄다 실로 친친 동여 묶고 바늘을 들어 차례로 땄다. 무릎에 놓인 화장지 조각이 붉게 물들었다.

"등 두드려 줘?"

어느 사이 남편이 허리를 꼿꼿이 펴고 가부좌를 틀고 앉은 곁으로 왔다.

"소용없어. 이제 이것도 먹히질 않아. 열 손가락을 뚫어도 여기 막힌 속은 그대로야. 이 속을 툭 터 버리고 싶어."

가슴을 두드리다 멈추고 바늘 든 손을 가슴에 들이댔다.

"이리 돌아봐."

제발 좀…. 남편의 손이 어깨에 닿는 순간 거칠게 잡아 떼며 탄식과 같은 외마디 소리를 꽥 질렀다. 남편은 당혹해했다. 바늘에 긁힌 그의 손등에 피가 배었다. 정적 속에서 싸늘한 냉기가 전해져 왔다. 그는 피식 웃으며 자리를 떴다.

손에 들려 있는 바늘을 물끄러미 바라보았다. 종종 만나 식사하는 자리에서 바늘을 꺼내 드는 나에게 그렇게 잘 체하는 사람들은 탐욕이 있거나 혹은 결핍이 많은 사람이라고 했던 지인이 떠올랐다. 흘려들었던 그 말이 평생 부모의 부재 속에서 동생들의 생계를 책임져야 했던 어린 시절과 무관하지 않을 거라는 생각이 들었다.

"그게 사람이야? 저 어린 딸년들과 송장이나 진배없는 새끼를 두고 어떻게 줄행랑칠 생각을 하느냐는 말이지."

마을 사람들은 우리들을 보며 수군거렸다. 동생 영훈은 뒷머리 끝에 혹 하나를 단 채 세상에 나왔다. 큰 병원에 갈 형편도 못 됐지만 인근의 병원들에서는 치료 방법이 없다고 했다. 백일이 지나고 첫돌을 맞을 때까지 영훈은 도통 자라지 못하고 태어날 때 몸 그대로였다. 오히려 뼈만 도드라졌다.

엄마가 사라진 뒤 네 살인 영훈은 오롯이 내 차지가 되었다. 그녀가 집을 나간 것이 그때가 처음은 아니었다. 동생들이 태어나기 전에도 어린 나를 두고 자주 집을 비웠었다. 일주일 후쯤 돌아오기도 하고, 한 달을 넘길 때도 있었다. 때론 한 계절이 흐르기도 했다. 그로 인해 불화가 끊이지 않았던 아버지도 늘 집을 떠나 있었다. 홀로 남은 나는 스스로 밥을 지어 먹으며 엄마를 기다렸다. 굶는 날이 더 많았다. 동생들이 태어나면서 엄마의 그와 같은 행위는 점차 줄었고, 영훈이가 태어날 즈음에는 잊은 듯했다. 그랬던 엄마는 혼자 뒤집지도 못하고 24시간 같은 자세로 누워 있어야 하는 영훈이를 두고 또 집을 나갔다. 엄마가 머물지 않은 집은 어떤 안식처로서의 장소가 아닌, 다만 둥둥 떠 있는 공간이었다. 아이에게 원초적 장소로서 양육의 근원지이자 안정적인 안식처와 같은 부모가 애초 부재하는 공간이었다.

당시 열다섯 살이었던 나는 자주 겪던 일이라 담담하고 침착했다. 우리를 돌봐 줄 수 있는 외가도 친가도 이미 우리 집에 발길을 끊은 상태였다. 나는 초등학교를 다니던 동생들의 선생님에게 편지를 써 사정을 알리고, 아이들이 수업을 빠질 수 있는 날이 잦을 것임을 알렸다. 오전에는 동생 둘이 번갈아 학교를 쉬며 영훈을 돌보았고, 이후는 하교 즉시 부리나케 집으로 온 내가 그들을 살폈다. 새벽같이 일어나 동생들과 하루 먹을 밥을 지으며 영훈의 것은 우유를 살 형편이 되지 않았던 탓에 솥 안에 그릇을 넣어 암죽을 받았다. 밥이 포르르 넘을 때 그릇 안에 밥물이 고이면 그것이 영훈의 세 끼가 되었다. 차차 쌀이 바닥을 보이면서 영훈이 먹일 것을 걱정하던 즈음 암죽을 받아먹던 아이가 내 품에서 세상을 떴다. 그 밤 바스라지는 나뭇잎 같던 영훈이는 내 무릎에 뉘인 채 한 스푼 한 스푼 입에 넣어 주는 암죽을 옴쑥옴쑥 받아먹었다. 그날따라 낸 눈을 맞춘 채 '에고 예뻐 에고 예뻐.'를 연발할 때마다 옹아리로 응수하면서 벙긋벙긋 웃었다. 어디서 힘이 솟았던 것인지 까르르 소리 내어 웃기조차 했다. 엄마의 품에 안겨 그 팔이 만들어내는 부드러운 곡선 안에서 느낄 편안함과 안도감을 누나의 무릎에서 대신하는 영훈이를 보며 나는 엄마라는 사람을 생각했다. 우리 형제 어느 누구도 느끼지 못했을 엄마 팔의 곡선에 대해서. 토닥토닥 등을 두드려 주자 트림까지 마친 영훈은 내 품에서 마치 성자와 같은 얼굴로 평화롭게 잠들었다.

영훈이가 숨을 거두었을 때 나는 믿을 수 없었다. 두 동생은 곤히 잠들어 있었다. 마땅히 도움을 청할 수 있는 얼굴이 떠오르지 않았다. 누구든 엄마를 원망하는 말만 잔뜩 늘어놓을 것이었다. 영훈이 마지막 가는 길에 그 원망의 말을 듣게 하고 싶지 않았다.

나는 그곳 강변 뒤 야트막한 산에 영훈이를 묻었다. 엄마가 올 때까지 잠시 영훈이를 뉘어 두자고 마음먹었다.

그날 영훈이를 묻고 눈물을 보이지 않기 위해 올려다본 하늘에는 노파의 눈썹 같은 그믐달이 희끗 빛을 내며 걸려 있었다. 어디선가 찔레 향기가 바람에 실려와 훅 코끝을 스쳤다. 그 알싸한 향을 따라 가자 찔레꽃이 군락을 이루어 하얗게 피어 있었다. 흐드러지게 핀 꽃들 중 줄기 하나를 꺾자 후둑 꽃잎들이 떨어지며 가시가 손등을 훑었다. 쇠어 버린 줄기는 쉬이 꺾이지 않았다. 손에 든 호미로 줄기를 끊었다. 다섯 기의 무덤이 늘어선 곳에 푸릇푸릇한 잔디가 살랑 부는 바람에 울울이 일어섰다. 그것은 가늘고 힘없는 영훈이 같았다. 가장자리에서 잔디를 두어 떼 떠서 영훈의 무덤을 덮었다. 새처럼 한 움큼에 지나지 않았던 영훈의 몸을 덮기엔 그것으로 충분했다.

거기, 네 살 생을 마감한 영훈이를 묻고 온 날, 나는 어떤 일이 있어도 잊지 않을 것이라고, 무엇보다 영훈이를 지키지 못한 엄마를 용서하지 않을 것이라고, 입술을 깨물었다. 엄마는 너무 늦게 왔고, 또 떠났으며 오고 사라지고를 반복했다. 기다리고 살아내면서 엄마에 대한 증오를 반복하는 동안 잊어야겠다 작정하지 않았음에도 영훈이는 잊혔다.

삶은 살아야 하는 것이므로, 지속되고 매 순간 앞으로 나아가는, 그렇게 멈출 수 없는 것이므로 지나간 것을 바라보고 있을 수만도, 영훈이를 붙들고 있을 수도 없었다. 영훈이를 꼬옥 붙들고 놓지 않으려는 몸부림에도 불구하고 달리는 기차 안에서 차창에 밀려나는 풍경을 속수무책으로 바라보듯 영훈이는 그렇게 밀려갔다.

친친 동여맨 손가락들이 검푸른 산머루 알맹이처럼 탱탱했다. 바늘을 갖다대자 툭 피가 터져 나왔다. 꼭꼭 찍어 눌러 붉어지는 화장지를 보며 내 품 안에서 죽어간 영훈이가 내 안에 들어와 있다고 조용히 되뇌었다.

4

의사는 엄마의 우울증이 이미 오래전부터 진행되었으며 그것이 치매로 이어진 것이라 했다. 두 차례의 무릎뼈와 발목뼈의 수술이 신경을 자극하여 우울증으로 이어지고 치매로 연결되었다는 것이었다. 약을 복용해 왔다는 것도 금시초문이었다. 의사는 엄마뿐만 아니라 다른 환자들을 위해 요양 병동으로 옮겨 경과를 지켜보는 것이 요긴하다고 했다. 요행히 오래전부터 이 병원에서 진료를 받아 온 데다 최근 요양 병동이 신설되어 기본적인 수순을 밟고 옮길 수 있었다. 다인실은 이미 다 채워졌을 뿐만 아니라 그녀가 극도로 사람을 기피, 예민한 상황에 처해 있었으므로 3인실로 결정했다.

엄마는 병실을 옮긴 뒤 끊임없이 나를 찾았다. 눈을 번득이며 나의 동선을 좇고 병실 문 쪽으로 나가는 기미가 보이면 허둥지둥 침대에서 일어나 신발을 꿰신었다. 거동이 불편함에도 불구하고 민첩했다. 식사 때면 병원 음식을 거부하고 내가 나타나기를 병실 문만 바라보고 있다고 했다.

점심 시간, 평소 엄마가 좋아하는 동태탕과 숙주나물, 김을 챙겨 갔다. 김에 싼 밥을 국에 적셔 입에 넣어 주자 풀어진 눈을 치뜨며 힘겹게 받아먹었다. 수간호사가 들어와 '우리 옥자 씨 따님이 오시니 밥도 잘 드시네?'하고는 내게 식사 마치는 대로 면담을 요청했다.

"치매 상태에 있는 분들은 개개 살아온 생이 다르므로 그분들이 표출하는 특이한 행동도 양상이 각기 다르죠. 어머니의 경우 특이점이 있어 따님이 알고, 앞으로 참고하셨으면 해서 말씀드립니다."

그녀는 자신이 지켜본 결과를 이야기하기 시작했다.

엄마는 매일 소등이 끝나고 환자들이 모두 잠자리에 드는 시간이면 출입문 앞에 서서 문을 열어 달라고 하소연한다고 했다. 수 간호사가 '아이고, 우리 예쁜 옥자 씨, 얼른 들어가 잡시다.'하고 어깨를 감싸안으면 동생 밥 지어 주러 가야 한다며 문을 열어 달라 애원하였다. 한번은 뜻이 받아들여지지 않자 그년을 잡아서 오독오독 뜯어 죽여야 한다고 눈을 희번덕거리며 거칠게 돌변했다. 아기 대하듯 어르고 달래서 가까스로 병실 침대에 뉘었으나 시간이 흐를수록 막무가내여서 지난밤에는 안정제를 처방했다고 하였다.

수간호사는 환자가 그토록 애달프게 찾는 동생분이 연로하여 혼자 사는 것인지, 환자를 격분케 하는 '그년'이 누구인지 조심스럽게 물었다. 병실로 돌아왔을 때 엄마는 지친 듯 눈을 가물거리며 누워 있다가 내가 들어오는 것을 확인하고야 눈을 감았다. 간밤 서성거리다 거의 잠을 이루지 못했다고 하였다.

엄마가 입원해 있는 3인 병실은 환자들이 들어오지 않아 비어 있었으므로 수간호사에게 하룻밤 같이 지낼 수 있는지 여부를 물었다. 규정상 불가능하다고 했다. 수간호사에게서 들은 엄마의 행위를 떠올리며 그 일이 또 도졌다고 생각했다.

그해 사십팔 년, 그 시국 때 나는 열 살, 니그 외삼촌은 아홉 살이었다. 할아버지, 아버지, 두 작은아버지 해서 네 사람을 옴싹 잃어버렸지. 니그 외삼촌 빼고 남자가, 근께 씨가 말라 버린 셈이지. 결혼을 며칠 앞둔 막내 작은아버지가 군인이 쏜 총에 맞아 마당에서 숨을 거뒀고, 산에 숨어 있던 아버지를 찾으러 갔던 작은아버지도 총살을 당했어. 아버지가 있는 곳을 대라며 지서에 불려가 고문당하던 할아버지도 집으로 오던 길에 총 맞아 돌아가셨고… 세 사람을 죽음으로 몰았던 아버지까지 총살당해 버리고 집에는 할머니와 어머니, 우리 남매만 남았지.

네 사람이 죽은 것으로 끝이 아니었어. 군인들이 몰려와 온 동네 사람들이 지켜보는 가운데 오 칸 겹집을 부수고 뜯어냈지. 해가 기울자 그들은 철수하면서 우리를 집에서 쫓아냈어. 집에서 입던 옷차림으로 동짓달 긴 밤을 재각에서 보내고 다음 날 아침 눈을 떠 집 쪽을 바라보니 집이, 감쪽같이, 사라졌어. 우린 달려갔어. 밤사이 군인들이 미처 부수지 못하고, 뜯어내지 못한 것들을 누군가 죄다 헐고 가져가 버렸지. 우리가 챙길 것은 단 하나도 남아 있지 않았어.

재각에서 배를 주린 채 말 그대로 거지꼴을 한 우리들을 이끌고 할머니는 마을 사람들을 찾아다니며 작은방이라도 내달라고 사정했지. 차례로 거절당하고 급기야 몸 하나 가릴 수 있는 헛간이라도 감지덕지라고 조아렸으나 모두가 고개를 저었지. 독립운동 증서, 집문서며 땅문서 따위의, 할아버지가 관리하던 문서들을 집이 뜯기면서 마을 사람이 가로채 눈앞에 땅을 두고도 내 것이라는 소리 한 번 내지 못했지. 남은 것이라곤 그야말로 네 목숨이었어. 밖에 나가 본 일 없고 농사가 많아도 일해 본 일 없던 우리가 할 수 있는 일은 아무것도 없었어.

급기야 할머니는 우리를 앉혀 놓고 비장하게 말을 꺼냈어.

"저놈은…"

할머니는 동생을 한참을 바라보며 말을 잇지 못했지.

"젊으니까 네가 맡아라. 우리 집안 대를 이을 단 하나 남은 손이다. 어떻게든 종손을 살려라. 버리지 말고 살려라, 너도 살아야 한다."

하고 어머니에게 단단히 일렀어. 어디로 갈 것인지, 어떻게 살 것인지, 언제 다시 만날 것인지 하는 어떤 기약도 없이 어떻게든 살아만 있기로 하고 우리는 그렇게 헤어졌어.

스물여덟 살 젊은 어머니는 동생의 손을 붙들고 한 걸음 걷다 서고, 또 한 걸음 걷다 뒤돌아보고⋯ 할머니가 어서 가라고 쫓아 놓으면 되돌아와 서 있고⋯. 나도 어머니 따라가고 싶었지. 할머니가 억센 손으로 우악스럽게 내 손을 잡아끌고 자리를 떴어. 멀리서 엄니엄니하고 부르는 어머니 목소리가 들렸지.

할머니가 제일 먼저 한 일은 나를 먼 친척 집 아기업개로 맡긴 거였어. '암말 말고 여기 있거라. 밥 굶지 말고, 살아 있어야 한다.'는 말을 남기고 할머니는 그 길로 행상을 떠났어. 할머니를 기다리는 동안 어머니와 동생을 그리워하며 악착같이 살았어. 아기업개는 아기만 돌보는 것이 아니었어. 새벽부터 물 긷고, 밥하고, 빨래하고⋯ 어머니가 보고 싶은 것에 비하면 그런 것은 일도 아니지. 뙤약볕 아래서 홀로 밭매는 것도 견딜 수 있었어. 밤에 어른들 옆에서 길쌈할 때 쏟아지는 저승 잠 같은 졸음도 배고픔도 견딜 수 있었어. 그러나 어머니와 동생에 대한 그리움은 참을 수 없었지.

나는 할머니가 올 때까지 기다리지 못하고 그 집에서 도망쳐 어머니와 동생을 찾아 나섰어. 행여 만날 수 있을까 하고 장이 서는 날이면 장터를 뒤지고 다녔어. 한번은 같은 마을 사람을 만났는데 팥죽을 사주면서 '니그 어매 저그 여수 어디로 갔다더라.'하는 말을 해 주대. 순간 여수역으로 날품을 팔러 다니다 외숙모를 만나 그곳에 눌러사는 외삼촌이 생각났어. 식 올릴 형편도 못 되고 해서 가족들 불러 저녁 한 끼 먹은 것으로 대신했는데, 그때도 아버지는 산에 숨어 있어 어머니가 우리 남매를 데리고 갔었어.

몇 날을 걸어 여수역에 도착해서 오동도 가는 길목에 서서 지나가는 사람들을 붙들고 동성이 삼촌을 아느냐고 묻고 또 물었어. 여차저차 외삼촌 집을 찾아냈지. 외숙모는 맨발로 달려 나왔어. '니가 누구냐, 여기를 어떻게 왔느냐.' 하며 나를 끌어안았어. 한참을 울던 외숙모 입에서

"찢어 죽일 년, 이런 새끼를 두고 그년이…."
거침없이 욕이 터져 나왔어.

"니그 어매, 짐승만도 못한 그년이 니 동생을 여기 고아원에 던져 놓고 갔는갑드라. 그놈이 여기를 한 번 찾아왔더란 말이다. 누더기 꿰입고 험한 꼴을 하고. 옷을 벗기니 이가 후두둑 쏟아져. 빨아서 될 일도 아니고 불에 태운디, 투닥투닥 튀고… 깨끗이 씻겨서 우리 애들 입던 헌옷이라도 입혀 놓고 보니까 세상에, 훤헌 게 귀티가 자르르 흐르고 참말로 잘 생겼더라. 우리도 새끼들은 많고, 겨우 입에 풀칠이나 허고 산게… 죄 될 양으로 저 있던 곳에 데려다줬단

말이다. 잘하고 있으면 맛난 거 사 들고 오겠다고 하면서. 그 즉시 나온 모양이라. 걔가 또래들에 비해 체격도 있고 해서 아그들 것을 뺏어 먹고, 뭘 훔쳐 먹고 그랬다여. 나와서 역전 주변에서 구걸을 했다는데 우린 몰랐다. 한날, 찔레꽃이 눈에 띄었던가 봐. 배도 곯은 놈이 꽃향기 따라 갔던 모양이야. 하냥 귀신에 씌었던 거여."

숙모 말을 들으며 오싹했지, 어머니가 좋아한 꽃이었어, 찔레 그거. 연록의 새순이 올라올 때 어머니는 연한 줄기를 꺾어 살짝 껍질을 벗겨 먼저 베어 먹고, 가만 우리들 입에 넣어 주었어. 시큼하고 쌉싸름한, 어머니의 혀와 입술이 닿아 달착지근하던 그 맛. 허옇게 무리 지어 핀 찔레꽃, 환한 얼굴로 '엄마꽃' 하며 달려갔을 동생의 모습이 그려졌지. 숙모는 분을 못 참고 계속 말을 늘어놓았어.

"그놈이 손에 한 움쿰의 꽃을 쥐고 역에 도착했는디 게거품을 버글버글 내면서 뒹굴드라여. 지나가던 신사가 그 모습을 보고 달려갔는디 등 껍데기에 붙은 배가 눈에 들어왔던 거야. 이 아이가 배가 고픈 게로구나 싶었던지 마침 지나가던 인절미 장사를 불러 두 개를 사서 손에 쥐여 주더란다. 양손에다 쥐고 요놈 한 번 베어 먹고, 저놈 한 번 베어 먹고, 그러고는 죽드란다. 찔레꽃 무더기에서 빵을 주워 먹은 모양이라, 쥐 잡으라고 쥐약 묻혀 놓은 것을 먹었던 거여."

말을 잇지 못하고 숙모가 꺼억꺼억 울었어.

"필시 그놈이 역에서 니그 어매를 기다린 거여. 어매란 년이 사람이라면 한 번은 찾아올 거라고 믿고, 독 하나 사다가 넣어서 기찻굴 입구에 묻었다. 그년이 그렇게 잘생긴 지 아들을 수만 리 떨어진 이곳까지 와서 내부렀어, 그래 죽은 거여, 아까운 놈이. 내 이년을 만나기만 해 봐라, 오독오독 뜯어 죽일란다."

5

엄마는 병원에서 환자들이 경계선 내에서 움직일 수 있도록 붉은색으로 빙 둘러놓은 선 앞에 멈추어 서 있다. 언제나 흐컨 구멍에 사로잡혀 고통받고, 그를 건디지 못해 훌쩍 떠났던 그녀가 선 이쪽에서 굳건히 발을 고정한 채 하소연하고 있었다.

"문 좀 열어 주시오. 곧 배가 끊긴단 말이오. 저 배를 타야 포르르 밥해서 고슬고슬한 그놈을 우리 새끼들 입에 넣어 줄 수 있단 말이요."

귀를 의심했다. 엄마의 입에서 나온 말은 분명 자신의 동생이나 오독오독 뜯어 죽일 어머니가 아닌, 새끼들이었다. 다음 순간

"막배란 말이요. 저걸 타야 옥돌 같은 우리 동생 윤기 자르르한 밥 지어서 한 양푼 퍼주고, 부뚜막에 어머니 드릴 밥도 올릴 수 있소. 오독오독 뜯어 죽일 년···"

분명 엄마의 입에서 나온 말은 어머니였다. 오독오독 찢어 죽일 그년을 입에 달고 살면서 단 한 번도 뱉어내지 못한 어머니를 호명하고 있었다.

엄마의 뼈만 남은 앙상한 다리와 새의 날갯죽지처럼 움츠러든 어깨가 눈에 들어왔다. 어린 날 겪은 시국의 흔적들이 고스란히 박혀 있었다. 그 고통을 견디지 못해 훠이훠이 떠돌던 그녀가 한 줌 새처럼 앙상한 모습을 하고 있었다. 그녀는 굶는 행위를 통해 누군가에게 생애 마지막 메시지를 보내고 있는 듯했다. 나는 그녀가 마음에 두고 있는 수신자가 궁금했다.

엄마의 가녀린 어깨와 앙상한 다리를 지켜보면서 절대로 달려가서는 안 된다고 몇 번이고 혀를 깨물었다.

흰 꽃

1

황 교장을 만나러 가는 길이었다. 그는 전화를 걸어와 누이의 억울한 누명을 벗겨드려 저승에서 아버지와 형님들을 떳떳하게 대면할 수 있게 되었다고 울먹였다.

몇 군데 만날 장소를 물색하다가 마침내 합의에 이른 곳이 그가 제안한 시청 광장이었다. 내가 위치한 곳과는 다소 거리가 있었으나 흔쾌히 응했던 것은 광장에 서 있던 족히 오백 년을 넘긴 느티나무가 떠올랐던 탓이었다.

느티나무는 사라지고 없었다. 삼십여 년의 세월을 지나

온 인근은 새로 청사를 확장하는 공사로 인해 철제가 켜켜이 둘러서 길을 가로막고 있었다. 내릴 생각을 접고 좁은 골목에 차를 세우고 황 교장을 기다리기로 했다.

오백 년을 넘긴 느티나무가 섰던 자리는 벤치가 놓여 황량했다. 그때 피켓을 든 여인이 눈에 들어왔다. 아이보리색 스포츠 모자를 눌러쓰고 몸매 드러난 티셔츠를 입은 그녀는 키가 훤칠하고 늘씬했다. 먼발치에서 보아 나이 육십은 넘긴 듯했다.

느티나무가 사라진 것에 실의를 금치 못하고 주변 경관에 대한 관심도 시들해진 나의 시야를 오로지 그녀만이 가득 채우고 있었다. 피켓의 내용에 대한 궁금함이 일어난 것과 날카로운 기계음이 들려온 것은 동시였다. 삐 하는 날카로운 기계음과 그에 못지않게 지직대는 잡음은 여인의 손에 들린 낡은 확성기에서 비롯된 것이었다. 낯익은 풍경이었다. 혹시나 하는 생각이 번득 스치면서 나는 차에서 내렸다. 여인은 이제 막 조그마한 배낭에서 꺼낸 옷을 걸쳐 입고 있었는데 언젠가 본 일이 있던 옷이었다. 그때에 비해 몹시 빛이 바래고 구겨져 있었으나 그것은 분명 삼베옷이었다. 그녀는 황유란이었다.

2

제 무게를 감당하지 못하고 처져 내린 검은 구름장들이
들쭉날쭉한 건물들의 스카이라인에 걸터앉아 이따금 콩알
같은 우박이 섞인 빗줄기를 내리꽂곤 하던 날 아침이었다.

그때 나는 학원을 운영했었다. 한 손으로 가방에 넣지
못한 책들을 한 아름 싸안고, 다른 손으로는 보자기에 감싸
묶은 선생들의 점심 도시락통을 든 채였다. 나는 건널 길의
신호등에 잡혀 있었다.

오백 년은 족히 되었을 느티나무 아래 스무남은 명쯤 되
는 사람들이 확성기를 든 여인의 선창에 따라 구호를 외치
고 있었다. 격분한 여인의 음성이 성능 좋지 않은 확성기
속에서 유리 조각처럼 깨져 나왔다. 유리섬유 같은 그 소
리와 한두 방울씩 내리기 시작한 비가 온몸을 전율케 했다.
도시락통을 든 손가락들은 보자기에 칭칭 감겨 익지 않은
방울토마토처럼 탱탱해져 있었다. 나는 내동댕이치고 싶은
충동을 가까스로 누르며 느티나무에 이르러 내려놓았다.

확성기를 든 여인은 금방 초상집에서 나오기라도 한 듯
누런 삼베옷을 입고 있었다. 키가 크고 늘씬한 몸매였다.
한 줄로 곱게 땋아 내린 머리엔 삼베 두건을 늘어뜨리고 그
것이 흘러내리지 않도록 똬리 모양의 새끼줄을 두르고 있
었다. 빳빳하게 풀질이 된 삼베옷은 구김 한 올 없이 단정

하였다. 그녀에게 썩 잘 어울렸다. 마치 한풀이를 위해 굿
판을 벌이는 무녀처럼 귀기와 신비감이 느껴졌다.

날카롭게 뻗질러대는 확성기의 소음 속에서 가까스로
그녀의 말을 받아 외치던 시위자들이 자리에서 일어서기
시작했다. 그러자 그녀는 확성기를 사용하지 않은 채 알 수
없는 말을 내뱉었다. 시위자들 중의 한 남자가 다가가 무슨
말인가를 속삭였다. 고개를 끄덕이며 듣고 있던 그녀는 큰
소리로 시위자들에게 노래를 부르자고 하였다. 사람들은
다시 앉아 둘둘 말아 쥔 종이를 펼쳐 노래를 부르기 시작하
였다. 대학가에서 듣곤 하던 노래를 개사한 곡이었는데 그
내용이 지나치게 서정적이어서 시위 곡으로는 적당하지 않
은 가사였다. 확성기를 들고 노래를 부르던 그녀가 그것을
땅에 내려놓고 갑자기 덩실덩실 춤을 추기 시작하였다. 허
깨비 같은 몸놀림이었다. 빙그르르 돌 때 휘날리는 삼베 상
복 자락이 나비의 날개 같았다. 빙빙 돌 때 나는 그녀가 황
유란임을 알았다.

저 뭐 하는 사람들이야? 저 여자 저거 미친 거 아냐?

옆에 섰던 남자의 유들유들한 음성을 듣고서야 나는 서
둘러 짐을 챙겼다. 시위자들이 자리에서 일어나 웅성거리
는 것을 보며 총총히 그곳을 떠나왔다.

3

황유란을 처음 만난 건 참샘에서였다. 삼십여 년 전 6월
어느 날의 아침이었다. 그즈음 나는 참샘의 흰 꽃들에 넋
이 나가 밤낮없이 드나들었다. 뱀 허리처럼 가늘고 구불구
불 이어지는 길 아래 거북이 등 모양으로 엎드린 계단식의
밭에는 콩꽃 깨꽃 감자꽃이 피어 있었다. 냉이 찔레 무궁화
또한 흰 꽃을 매달고 있어 6월의 참샘은 맑고 순결한 처자
의 소복 입은 모습 같았다.

찔레꽃 좋아하시나 봐요. 늘 그 앞에서 걸음을 떼지 못
하시더군요. 저도 좋아해요. 사연이 있을 것 같고 신화도 깃
들어 있는 것 같고….

넋처럼 핀 흰 찔레꽃을 바라보고 있던 그날 아침 황유
란은 그렇게 내게 다가왔었다. 하얀 반소매 셔츠 차림에 긴
생머리를 흰 천으로 질끈 묶고 화장하지 않은 맨얼굴이 인
상적이었다.

벌써 약수터에 다녀오는 길인지 그녀는 이슬에 함초롬
히 젖어 있다. 창백해 보이는 하얀 얼굴에 쌍꺼풀진 커다
란 눈이 아름다웠다.

이곳 자주 오시나요? 저는 한 달쯤 됐어요. 누가 소개해
주어서 알게 됐는데 참 아기자기해서 좋아요. 옛이야기가
쏟아져 나올 것도 같고 한이 서려 있는 듯도 하고.

처음부터 그랬다. 황유란은 끊임없이 말했다. 상대가 듣거나 말거나 개의치 않고 듣는 사람이 지치도록 말했다. 홀로 누리고 싶은 이른 아침의 투명한 정취를 마구 흐트러 놓는 그녀를 내심 불쾌하게 여기면서도 싫지 않았다. 빙긋 웃어 보이며 흰 찔레꽃으로 눈길을 돌렸다. 당황한 듯 머뭇거리던 그녀는 또 뵐게요, 하는 말을 남기고 자리를 떴다.

참샘을 알게 된 것도 그즈음이었다. 채 봄이 익지 않은 삼월 초순, 모임에 나가 만난 친지의 소개에 의해서였다. 모임이 끝날 때쯤 그는 술 한잔하지 않겠느냐고 했다. 외진 곳에서 벌 치고 소 기르며 사는 사람이 만든 밀주 맛이 일품인 곳을 알고 있다 했다. 그 주인장 사는 낙이 약수터 오르내리는 사람들에게 밀주 한 잔 내놓는 것인데 설살가상으로 그곳에 별들의 집이 있어 세상 모든 별들이 그리로 모인다고 하였다. 하늘이 앞마당처럼 낮게 깔리고 온갖 과실수와 앙증스런 꽃들이 지천으로 피어 있다고도 했다. 무릉도원이 따로 없다고 하는 친지의 말에 술을 즐기는 회원 서넛이 그를 따라 나섰다.

달빛 어스름한 밤이었다. 과연 막 피어오른 배꽃 살구꽃 매화꽃 벚꽃들이 눈처럼 휘덮고 있었다. 그의 말대로 세월을 거스른 듯했다. 모인 사람들의 영혼을 시원으로 옮겨 놓은 것 같은 착각이 들었다. 그것이 내가 참샘과 인연을 맺게 된 연유였다.

그날 밤 밀주 몇 잔을 마신 뒤 달빛으로 여과시켜 바라본 흰 꽃 무더기는 가슴이 휠 듯한 감격을 안겨 주었다. 겨울의 냉기가 가시지 않은 알알의 꽃잎들에서 도도한 슬픔의 기운이 배어 나왔다.

밤잠을 설친 나는 다음 날 동이 트기도 전에 홀린 듯 참샘으로 향했다. 미로와 같은 무수한 골목길을 빠져나와 벚나무에 이르렀다. 하늘로 치솟은 가지가지마다 쏟아져 내릴 듯 꽃이 피어 있었다. 탱자나무가 길게 늘어선 터널처럼 어두운 길을 벗어났을 때 꽃들로 울긋불긋한 동산이 열렸다. 그 후로 마치 보석과도 같은 애인을 숨겨 놓고 남몰래 만나듯 참샘을 은밀하게 드나들었다.

다음 해 4월 황유란을 참샘에서 다시 만났다. 그때 나는 한나절 내내 거리를 배회하다 사무실로 들어서곤 하였었다. 아침 일찍 일어나 출근을 서둘렀다가도 막상 대문을 나서면 발걸음이 직장과 반대편으로 향했다. 이중삼중으로 빛을 차단한 콘크리트 건물에 대한 거부감 때문이었다. 그날 거리를 빙빙 돌다 참샘을 찾은 것도 같은 이유에서였다. 오전 11시쯤의 그곳은 고요했다. 약수터를 찾는 사람들의 발걸음도 끊기고 꽃이며 나비며 새들이 하늘로 덩실 떠오르지 못한 햇볕의 알맹이들과 몸을 섞고 노닐고 있었다. 길가에 위치한 잘 손질된 무덤 사이에 벌렁 드러누워 채로 걸러 놓은 듯 보드라운 햇볕의 입자에 얼굴이며 목 언저리를 내맡긴 채 나비들의 펄럭거림을 바라보았다.

양 갈래로 머리를 땋아 내린 황유란은 노랑체크 짧은 주름치마에 곤색 스웨터 차림이었다. 무릎 밑까지 오는 줄무늬 스타킹에 단화를 신어 영락없이 여고생이었다. 그녀는 딸의 옷을 입고 나왔다고 했다. 화장을 하지 않았던 지난해 6월 아침의 청초한 모습과는 전혀 다른 화사한 분위기였다. 느닷없는 그녀의 출현으로 놓쳐 버린 평화와 비밀스러운 어떤 행위인가를 들켜 버린 듯한 민망함에 나는 은근히 부아가 치밀었다. 그러한 나의 기분을 알아차리기라도 한 듯 어색한 분위기를 경쾌하게 무마시켰다. 등에 멘 거북이 모양의 가방을 열어 주섬주섬 보온병과 소주, 종이컵, 오징어, 귤 따위를 내놓았다. 누구라도 만나면 벗하여 마시려고 두 사람 몫을 챙겨 왔다고 하였다. 혼자여도 상관없었을 거라고도 덧붙였다. 그녀는 종이컵에 술을 가득 부어서 나에게 건네주고 자신의 잔도 채운 후 건배를 하자고 하였다. 마치 오랜 세월을 만나 온 사람처럼 거침없었다. 그녀는 단숨에 비우고 다시 잔을 채웠다.

사랑해 보셨어요?

느닷없는 질문이었다. 또 한 잔의 술을 비운 그녀는 답을 재촉하기라도 하는 양 나를 바라보았다.

저 어제 실연당했어요. 십여 년 넘도록 사랑한 사람한테서요. 가슴이 타도록 사랑했는데 그 세월 동안 손 한번 잡아 주지 않더군요. 얼마 전 초대장을 보냈죠. 만날 날짜와 시간, 호텔 이름과 룸번호를 적어 넣고 만약 나오지 않으면 이번 생애는 다시 보는 일이 없는 걸로 알겠다고. 결국 오지 않았어요. 버림당한 거죠.

이상한 여자였다. 낯선 사람 앞에서 보통의 상식으로는 이해하기 어려운 자신의 이야기를 거침없이 내뱉았다. 딸의 옷을 입고 나왔다는 것으로 보아 혼자 사는 여자는 아닐 터였다. 십 년이 넘은 세월을 가슴이 타도록 사랑을 하고 호텔에서 만나자는 초대장을 보내고. 나는 그녀의 말을 속수무책으로 듣고 있었다.

그 사람 성불구자였어요. 같이 잠을 잔 적이 없어 사실인지 알 수 없으나 그렇다고 하니 믿었어요. 작달막한 키에 한쪽 다리가 짧은 사람이에요. 배도 나오고 볼품은 없어요. 오십 줄에 앉은 지금도 혼자 살아요. 끊임없이 유혹해도 끄덕 안 해요.

그녀는 긴 한숨을 내쉬며 말을 멈추고 한참 동안 하늘을 올려다보았다.

같은 건물에서 직장 생활을 하다가 만났어요. 그의 결점 때문에 좋아하게 됐어요. 아니면 나 같은 여자의 차지가 될 수 있나요? 맑고 순수한 영혼을 가진 사람이에요.

나는 여자의 정체가 궁금해졌다. 만나자마자 자신의 사랑 이야기를 서슴없이 하는 여자. 이상한 일이었다. 그녀의 이야기는 흔히 듣는 여인들의 외도와 다르지 않았으나 이상하게 마음을 끌었다. 연락처를 교환하고 헤어졌다.

그날 이후 그녀는 잊을 만하면 전화를 해서 두서없이 자기 이야기를 늘어놓고는 하였다. 종횡무진 끝이 없었다. 느닷없이 전화를 한다거나 불쑥 나타나는 날은 기이한 말들 탓에 한동안 헤어나지 못하다가 여파가 사라지면 까마득히 잊었다. 그녀는 극작가가 되기 위해 극본을 쓰고 있다고 했다가 그 결과가 궁금해질 쯤이면 한춤을 배운다고 했다. 또 농장을 빌려 아이들과 농작물을 키우고 있다 했다가 새로 생기는 건물에 화장품 코너를 열기 위해 준비 중이라고도 했다. 그녀 말의 처음과 끝이 일치되는 일은 거의 없었다.

한번은 지방방송국 구성작가 모집에 응모하여 당선되었다며 한턱내겠다는 전화가 왔다. 만날 약속까지 잡았는데 곧 방송국 일을 하지 못하게 됐다며 취소했다. 대학 시절 연극을 했다며 강한 의욕을 보였던지라 의외의 일로 여겨졌다. 여느 때와 마찬가지로 이유는 묻지 않았다.

분양받은 화장품 가게나 잘 운영해 보겠다던 그녀는 이후 소식이 없었다. 가게 일로 분주하려니 했었다. 그런데 가을도 저물어 가는 11월의 어느 날 저녁 무렵 전화가 왔다.

여행 가는 길이라며 터미널인데 잠시 얼굴 한번 보여 줄 수 있느냐고 하였다. 학원에서 가까운 곳에 위치해 있었으므로 곧 달려 나갔다.

그녀는 비대해져 있었다. 파마머리에 진하게 화장한 모습이 낯설었다. 차가 도착하기까지 삼십여 분 정도의 시간이 있었으므로 커피숍으로 갔다. 화장품 가게는 잘 되느냐고 묻자 완공 전이라 놀고 있다고 했다.

저 살 많이 쪘죠.

하고 물으며 그동안 가슴앓이를 했다고 고백했다. 느닷없이 같이 여행을 떠날 것을 제안했다.

저 되새 보러 가요. 우리 같이 가요. 그거 알아요? 윤화 씨 되새 닮은 거. 대나무 이파리에서 잠을 자죠. 까칠한 이파리에 매달려 온 가슴을 찔리면서. 밤새 바람이 부는 대로 이리 흔들리고 저리 흔들리면서 떨어지지 않으려고 위태롭게 매달려 있는 되새를 그려 보다가 불현듯 윤화 씨를 떠올렸어요. 튼튼한 가지 다 내버려 두고 왜 거기서 잠을 자는지. 윤화 씨는 워낙 말이 없어 깊은 속을 알 수 없지만 대나무 이파리에 매달린 되새 같다는 생각이 들어요. 같이 가요, 저랑. 윤화 씨는 언제든 떠날 수 있는 사람 아닌가요?

그날 몹시 피폐해 보였으므로 여행을 미룰 것을 종용하였으나 그녀는 되새를 보러 떠났다.

4

그녀를 마지막으로 보았던 이후 삼십여 해만이었다. 이날 아침 황유란은 이전의 모습과는 딴판이었다. 그녀와 제대로된 대화를 나눈 적은 없었다. 느닷없이 나타나 자신의 일상을 늘어놓았고 그것이 당연한 것처럼 나는 들었다. 그때 그녀가 나를 찾는 것이 생활 속에 갇히지 않으려는, 자신의 자유로운 영혼 풀어내기라는 말을 했던 것이 어렴풋이 기억났다.

그런 그녀가 지금 피켓을 들고 있다. 삼십여 년 전 그날의 시위는 그녀가 분양받았다던 화장품 가게의 건물주가 도산을 하고 잠적해 버린 데서 기인했다. '악덕 기업주 처벌, 뇌물 수수 부당 토지 분양 시당국자 처벌'하는 따위의 말들이 그날 아침 빗줄기를 타고 날아왔다. 방송작가를 포기한 후 분양 소식을 전할 때 건강한 생활인으로 살겠다는 다짐을 되풀이하곤 했었다. 나는 대부분의 사람들이 살아내는 일상을 그녀가 힘겨워했고 만날 때마다 삶을 살아내는 것보다는 견디고 있다는 생각이 들곤 했었다. 그 일을 겪는 동안 그녀는 닥치는 대로 일을 해서 하루하루 살아갔다. 그때도 나는 그녀가 시위를 주도하는 것이 납득이 되지 않았다.

그즈음 황유란은 근처 카페에 와 있다며 막무가내로 나오라고 한 적이 있었다. 혼자가 아니라고, 길에서 주운 남자와 같이 있다며 올 때까지 기다리겠다고 했다. 과연 그녀는 한 남자와 술을 마시고 있었다. 몸에 착 달라붙는 상의에 갈색 물들인 파마머리를 늘어뜨린 채 은은한 갈색 톤의 화장을 한 그녀는 그날따라 세련되고 건강해 보였다. 오랜만에 만났는데도 그간의 안부를 묻는 일 없이 앞에 앉은 남자를 소개했다.

이 사람 오늘 주운 남자예요. 아파트 주차장에서 어슬렁거리고 있지 않겠어요? 시내 가는 길인데 차 좀 태워 줄 수 있겠느냐고 했더니 좋다 하더군요. 그래서 나온 김에 술 한잔하자고 했어요. 장가도 가지 않았대요. 꼭 촌놈같이 생겼죠?

얼결에 소개를 받은 남자는 나쁜 짓하다 들킨 것처럼 어찌할 바 몰라 하며 나에게 술을 따랐다. 황유란은 까르륵 웃어댔다. 남자는 황유란과 같은 미모를 갖춘 여자를 만나는 건 꿈도 꾸어 볼 수 없을 것 같은 사람으로 보였다. 그러한 행운을 그러쥔, 흡족한 표정을 감추지 않았다. 오가는 말본새로 보아 은밀한 이야기를 주고 받던 모양으로 황유란이 말을 이어 가려 하자 그는 안절부절못하며 말을 잘랐다. 어떻게 살았느냐는 내 말을 듣고서야 황유란은 내게 시선을 주었다.

은행 이자 잘 내고 세 끼 챙겨 먹으며 살아요. 이만하면 잘 살지 않아요?

말꼬리를 추켜세우며 신경질적으로 답하고 화제를 남자에게로 옮겼다. 그들이 나누는 대화는 차마 들을 수 없을 정도로 유치했다. 남자는 슬금슬금 내 눈치를 살피며 연신 키들거렸고 나는 황유란의 허망한 웃음소리를 들으며 잔을 비웠다. 빈잔을 확인한 남자가 재빨리 술병을 들었다. 황유란이 그의 팔목을 움켜쥔 것과 내 눈에 그녀 팔목의 흉터가 들어온 것은 동시였다.

윤화 씨 왜 그랬어요? 생명에 지장은 없었어요?

의아해하던 차에 그녀는 내 손을 붙들고 생선을 굽다 후라이팬에 덴 자국을 가리켜 보였다.

나는 그녀의 왼쪽 팔목에 금을 그어 놓은 듯 선명하게 드러난 상처를 발견했다. 내 손을 내려놓으며 그녀는 옷소매를 끌어당겨 흉터를 가렸다. 동시에 그녀는 스커트를 걷어 올려 허벅지를 내보였다. 크고 작은 밴드들이 무질서하게 붙어 있었다.

다림질하다 냄새가 나서 돌아보니 거멓게 옷이 타고 있었어요. 놀라서 다리미를 들어서는 이 위에다 내려놓았지 뭐예요.

그녀는 허벅지를 가리키며 웃었다. 그녀는 남자를 의식했음인지 다시 농지거리를 시작했다. 나는 재차 그녀의 근황을 물었다.

친정아버지가 돌아가셨어요. 나쁜 선택을 했죠.

황유란이 무겁게 아버지의 이야기를 꺼내는 순간 남자가 회사에 들어가 봐야겠다며 일어섰다.

이봐요. 내가 당신을 주웠어요. 당신은 내 거라고요.

주위를 휘둘러본 남자는 난감한 표정을 한 채 다음에 보자는 말을 남기고 서둘러 자리를 떴다. 동시에 황유란이 일어섰다.

저 밥 좀 사 줘요.

밖으로 나오자 이미 날이 저물어 있었다. 언젠가 간 적이 있는 식당 쪽으로 그녀를 끌었다. 황유란은 갑자기 애들 저녁 챙겨 주는 걸 깜박했다며 돌아섰다. 그때 그녀의 목에 붉게 그어진 또 하나의 선명한 자국이 눈에 들어왔다. 내가 그것에 대해 궁금해하는 사이 그녀는 손을 들어 보이며 자리를 떴다.

그날 저녁 불현듯 참샘의 밀주가 생각나 나는 친지에게 전화를 걸었다. 친지와 만난 술자리에서 뜻밖에 황유란의 이야기를 들었다. 그는 황유란과 잘 아는 사이라고 했다. 평소 말이 없고 과묵한 사람이라 그녀와 알고 지낸다는 것이 의아했다.

황유란과는 몇 년 전 서울에 있는 대학원을 다닐 때 알게 되었다고 했다. 일주일에 한 번 주로 비행기를 이용하여 서울에 갔었는데 공항에서 종종 마주쳤다.

늘 책을 끼고 있어 자신처럼 공부를 하거나 어디 강연

이라도 다니나 보다 했다. 차차 낯이 익고 친숙해진 후로는 미리 약속을 하고 비행기를 탔다. 그녀와 서울을 오르내리는 사이 그녀가 남자를 만나러 다닌다는 사실을 알았다.

서울로 남자를 만나러 간다는 거라. 삶의 유일한 낙이라 하드만. 재미있는 것은 남편과 살아 주는 조건으로 남편에게 승낙을 얻어낸 거라고. 문제는 그 남자가 황유란을 만나 주지 않았다는 거지. 번번이 퇴짜를 맞는다는 거야. 만날수록 그 여자가 선득해져서 멀리하게 되더라고. 어디로 튈지 알 수 없는 탁구공 같은 여자야. 얼마 전에 길을 걷다 우연히 마주쳤는데 자기는 이제 서울에 가지 않는다고 하드만. 그때 몹시 황폐해 보이더라고.

친지는 다른 일은 없었으니 오해하지 말라고 했다.

지금 저 대학교 앞, 몇 사람 모인 자리에서 삼베옷 입고 춤추고 있습디다. 불쌍한 여자요. 얼마 전 친정아버지 죽었잖소. 스스로 목숨 끊었답디다. 아버지 없이 살지 못할 거라고 했었는데… 그 여자도 팔목 끊었다가 살았잖소.

친지는 말이 많았다. 황유란을 흠모하고 있는 듯했다. 내가 모르는 어떤 말을 하고 싶은 눈치였으나 말을 삼갔다. 그날 친지와 밀주를 마시는 동안 술잔 속에서 펄럭펄럭 삼베 옷자락을 휘날리며 황유란은 내내 춤을 추었다. 잡아 앉히려고 하여도 허실허실 웃으며 허공을 날고 있었다.

광장에서 시위를 하던 그날 오후, 초췌한 모습으로 황유

란이 찾아왔었다. 광장에서 본 그 차림이었다. 빳빳하게 풀
질이 되어 뻘뻘 살아 움직이는 것처럼 보였던 옷자락은 구
겨지고 얼룩져 있었다. 몹시 허기져 보였으므로 저녁을 먹
으러 가자고 하였다. 설레설레 고개를 흔드는 그녀를 끌다
시피 하여 횟집으로 갔다. 그녀는 잘 먹지 못했다. 입안이
헐어 먹기 힘들다며 대신 술을 마시겠다고 했다. 그리고 거
푸 잔을 비웠다.

올 수 있는 데라곤 여기밖에 없더군요. 윤화 씨 나 힘들
어요. 세상살이 왜 이렇게 팍팍해요? 내 사람 하나 만나기
가 왜 이렇게 어려운가요?

황유란은 술잔을 내밀었다.

나 요즘 시위하고 다녀요.

시위 사실을 모르는 것처럼 아무 말도 하지 않은 채 그
녀의 말을 들었다.

업주가 부도를 냈다는 소식을 접하고 분양받은 사람들
이 하나둘 황유란의 집으로 모여들었다. 그들은 시가 개입
된 공사라 안심하고 처분을 기다렸으나 시에서는 발을 뺐
다. 그러자 평소 입바른 소리 잘하고 궂은일 도맡아 하는
황유란의 집으로 사람들이 몰려들기 시작했다. 황유란은
느긋한 태도로 그들을 안심시켰다.

황유란은 남편의 퇴직금과 아파트를 담보로 은행 빚을

내어 점포를 분양받았었다. 파출부, 식당 대학 청소 등 우유 배달 닥치는 대로 일해서 은행이자 공과금을 해결하고 나면 가까스로 끼니는 해결되었다. 황유란은 그런 자신에 대해 흡족해 했다. 친정아버지 사랑을 독차지하며 귀하게 자란 탓에 세상 일에 어두웠던 자신이 되돌아봐졌다. 친정아버지가 목숨을 끊은 후 그녀는 실의에 빠졌다. 젊은 날 빚보증 잘못 서 재산 몽땅 날렸을 때 지하 단칸방에서 처자식과 끼니를 거를 때도 당당했던 양반이 그렇듯 쉽게 목숨을 내놓은 것이 믿어지지 않았다. 장례를 치르고 가만히 집에 앉아 있을 수 없어 아버지 상 치를 때 입던 삼베옷을 입고 광장으로 왔다. 시의 부당한 처사에 대해 항의하며 아버지 잃은 한풀이까지 내처 하고 싶었다.

어깨를 늘어뜨리고 고개를 떨군 채 한참을 앉아있던 그녀는 눈물을 훔치며 술잔을 비웠다. 그녀는 아버지의 기질을 물려받았다고 했다. 어려서부터 어머니는 이상하게 자신을 품에서 밀어냈다. 어머니는 집에서 다른 세계에 사는, 그런 이물 같은 존재였다. 그때마다 아버지가 품어주어 버틸 수 있었다.

끊임없이 떠났어요. 다시는 돌아오지 말자고 단단히 벼르고 떠나지만 늘 돌아와요. 아무리 멀리 가도 결국은 집이에요. 세상 끝까지 갔다고 생각했는데 집으로 돌아오고야 말아요. 또 집이라고요.

나무는 그 줄기며 가지가 하늘로 치솟은 형상대로 땅속에서 뿌리를 내린다고 하였다. 그녀의 속에 깊이가 있다면 수백 아니 수천수억 년 된 나무의 뿌리가 내뻗어 있는 만큼일 듯하였다. 그녀가 내쉬는 한숨은 그 뿌리 끝까지 퍼져나가서 골고루 스며들었다 올라오는 것처럼 깊고 길었다. 그녀가 숨을 내쉴 때 내 숨이 그대로 멎는 듯하였다. 소주 몇 병을 비우며 꺼질 듯 앉아 있던 황유란이 방바닥을 기어다니기 시작한 것은 그때였다.

집이라고 집이라고 아이고 시팔 또 집이라고오.

5

떠나고 떠나서 만나는 지점이 다시 집이라고 오열하던 황유란이 삼십여 년이 지난 지금에도 피켓을 들고 있는 이유가 궁금했다. 그 시간 동안 까마득히 잊고 살았으므로 다가가 알은 척을 하는 것도 새삼스러울 듯싶었다.

그때 마침 황 교장이 시청 광장에 모습을 드러냈다. 삼십여 년 시간을 건너오는 동안 내게도 예상치 못했던 삶의 변곡점이 있었고 그때마다 새로운 인연들을 만났다. 지난 한 시절은 까마득히 잊히며 그때 맺었던 인연들도 밀려났다.

어떤 계기로 뛰어든 여순사건 유족들을 만나 증언을 듣고 기록하는 일을 하면서 황 교장을 만났다. 나는 차에서 내려 약속 장소를 향해 간다. 황유란을 다시 마주하면 또 나를 붙들고 다짜고짜 자신의 말을 늘어놓을 것만 같아 그녀를 피해 후문 쪽으로 걸음을 뗐다.

그때 황 교장이 황유란의 손을 붙들고 연신 웃고 있는 것이 눈에 들어왔다. 황 교장에게 한 손을 붙들린 채 유쾌하게 웃고 있는 그녀를 보며 약속한 카페로 들어갔다.

곧이어 나타난 황 교장은 무엇을 마시겠느냐는 나의 물음에 유자차라고 답한 뒤 서둘러 황유란에 대한 이야기를 꺼냈다.

참 요상한 여자요. 언제부턴가 유족회에 들어와 활동하는디 당최 뭔 말을 하는 것인지 알아들을 수가 없이.

무슨 말인지 알아들을 수 없다는 황 교장의 말에 나는 피식 웃었다. 그네에 대해서 궁금했으나 묻지 않았다. 나의 속내를 알 리 없는 황 교장은 두서없이 황유란에 대한 말을 늘어놓았다.

자기 아버지가 새장가를 든 모양이라. 새로 맞이한 색시가, 황유란으로 해서는 새어매가 되는 셈이지, 그 사람이 여순사건 때 남편을 잃은 거라. 본남편이 총에 맞아 죽고 황유란의 아버지에게 재가를 한 거야. 황유란은 어렸을 때부터 병치레가 잦았다여. 그럴 때 보통의 어미라면 달려

들어 건사하고 안 그런다고, 이. 그런데 그 어미는 품어 주지도 않고 밀어내기만 한 모양이라. 그때마다 아버지가 보듬어 주곤 했는데 알고 보니 친어매도 아니고, 또 그런 사연이 있었던 거여. 어매가 치매 걸려 병원에 입원하면서 알게 된 거라. 아버지가 함구한 탓에 알지 못했던 거지. 황유란이 이해할 수 없고, 이해하고 싶지도 않은 것은 새어매가 여순 때 총살당한 본남편을 평생 가슴에 품고 아버지 곁에서 살았다는 거여. 허깨비로 살았던 아버지 불쌍해서 어쩌냐, 아비 팔자 쏙 빼닮아 자기도 그렇게 산다….

선생님 황유란 씨가 지금 피켓을 들고 시위를 하는 이유가 정확히 뭔가요. 이를 테면 여순사건 때 총살당한 새어머니 본남편의 명예 회복을 위해서 그 어머니를 대신해서 하는 건가요?

나는 황 교장의 말을 자르고 물었다.

그러니까 그걸 나도 모르겠네. 평생 사랑 못 받고 죽어간 불쌍한 아버지를 위로한다고 했다가 또 이 모든 것이 여순사건에서 비롯되었으니 진상규명을 해야 한다고 하고. 명목은 그것인디 통 복잡한 소리를 해.

황 교장은 여순사건 때 행방불명된 누나를 위해 국가를 상대로 제기한 손해배상청구에서 승소했다. 그는 그것에 자신이 어떤 노력을 기울였는가 하는 것을 나에게 이야기하고 싶다고 했었다. 황유란에 대한 이야기를 이어 가던 그는 아들에게서 걸려 온 전화를 받고 다급하게 일어서며 다음을 기약하고 자리를 떴다.

밖으로 나오자 황유란은 느티나무가 서 있던 자리에 새로이 만들어진 벤치에서 종이컵을 든 채 앉아 있었다. 삼십여 년 전 그때의 황유란의 삶의 궤적들이 순식간에 스쳐 지나갔다. 내 주위에서 종횡무진 떠돌던 그녀의 행적들에 대해 이제야 조금 이해할 수 있을 듯도 하였다.

불현듯 참샘이 떠올랐다. 참샘을 간 지도 오래된 듯하였다. 지금쯤 쑥부쟁이 선모초가 꽃망울을 터뜨리기 시작하고 여름내 발갛게 타올랐던 개여뀌가 제 열정을 이기지 못해 검게 탄 속을 드러내 놓고 사위어 가고 있을 것이다. 옻나무 잎사귀가 붉게 물들고 빨갛게 익은 까마귀밥 열매들이 보드라운 햇살 아래서 윤기 머금은 채 반짝거리고 있을 터이다.

언젠가 황유란과 무덤가에 누웠을 때 제비꽃잎만 한 날개를 가진 연보랏빛 나비 한 마리가 날개를 퍼덕이며 어디에도 내려앉지 못한 채 펄럭펄럭 우리 둘레를 배회했다.

요 밑 벚나무 집에 고부가 살았잖아요. 며느리가 갑자기 죽었다네요? 그 집안 내력이라던데 집에 있는 수백 년 된 벚나무를 베어서 화를 당한 것이라고도 하고….

황유란의 말은 쉬이 끝나지 않았고 나는 가만 눈을 감은 채 들었다.

그날 황유란은 흰색 남방셔츠 차림이었다. 헤지고 빛바
랜 삼베옷 위로 보드라운 햇살을 받아 투명하게 빛나던 빳
빳하게 세운 셔츠의 깃이 겹쳤다.

구 멍

1

    한순간이었다. 엄마가 사라진 것은. 정말이지 감쪽같았다. 혼란스럽다 못해 자못 흥미롭기조차 했다. 따라서 나는 느닷없이 동생들을 돌봐야 하는 가장이 되었다.
    그때 나는 가출 중이었다. 친구 용희의 집에서 먹고 자고 하며 등하교를 하던 차였다. 용희와 먼저 입을 맞춘 후 부모님에게 엄마가 서울의 병원에 입원했다고 속이고 허락을 받은 터였다.
    등굣길에 동생들이 교문 앞에 나타난 거였다. 마감 시간

몇 분을 남겨 두고 전교생이 곧 닫힐 교문을 통과하기 위하여 한꺼번에 몰려들어 아수라장이 된 틈에서 내 이름이 적힌 푯말을 들고 나란히 서 있었다. 나를 발견한 동생들은 대뜸 '엄마가 없어졌어.'하고는 울음을 터뜨렸다. 그러는 사이 교문이 굳게 닫혔다. 지각이었다.

엄마가 사라지고 동생들을 돌봐야 하는 청천벽력과 같은 상황에 맞닥뜨려 나는 속수무책일 수밖에 없었다. 난감한 상황에 처하여 우선 동생들을 용희 집에 데려다 놓기로 했다. 가출 사실을 들켜 그에 대한 해명을 해야 했으나 그것은 차후의 문제였다. 야간자습을 마치고 도착했을 때 용희의 집은 느닷없이 동생들까지 떠맡은, 그야말로 폭탄을 맞은 형국이었다. 먼저 어머니의 입원과 나의 가출 사실을 속인 것에 대해 용서를 빌었다. 용희 어머니가 입을 열었다.

"동생들 말을 들어 보니 어머니가 집을 나가신 것이 처음은 아닌 모양이다. 네 어머니 사정은 그간 어렴풋이나마 짐작은 하고 있었다만 그렇다 하더라도 어린 자식들을 두고… 네 어머니도 참 모질다."

그때 양반다리를 하고 꼿꼿이 허리를 편 채 시종 침묵에 잠겨 있던 용희 아버지가 거, 참, 하고 질책하듯 용희 어머니를 돌아보았다.

"적잖이 놀랐을 거라. 누구보다도 마음 둘 곳 없을 아이를 두고… 그 모친도 우리가 사정을 모르고 있었던 것도 아니고, 그것이 그리 간단하게 끝날 일이 아닐 것임을 제 자식 그리되어 돌아온 것 보고도 모르는가."

하고 일축했다. 잠시 분위기가 가라앉았다. 용희 아버지가 말하는, 제 자식 그리되어 돌아온 것이란 광주 도심 한복판에서 총을 맞고, 등에 구멍 두 개가 뚫린 채로 무등산을 넘어 수일 만에 돌아온 용희 오빠를 두고 한 말이었다. 총을 맞고도 살아 돌아온 것도 불가사의였지만 그보다는 어디서든 그 말을 꺼낼 수가 없다는 것에 있었다. 그것은 엄마도 마찬가지였다.

"당신은 애기들 데리고 가 재우시고, 너는 좀 앉아 있거라."

말을 마친 용희 아버지는 침묵했다. 긴 세월 정치를 해오면서 비주류에 속했던 용희 아버지는 늘 삶이 안녕하지 못했다. 은행장을 맡고 있으면서도 언제나 배고픈 사람이 눈에 밟혀 그의 월급은 용희 어머니에게 안기지 못했다.

아버지의 성화에 동생들을 당신들이 거처하는 상하방에 뉘이고 온 용희 어머니가 입을 열었다. 동생들을 통해 어느 정도 사태 파악을 한 부모님은 당장 우리 세 남매의 거취에 대해 고민한 모양이었다.

"알다시피 우리도 이렇게 산다. 당장 집으로 돌아갈 여건도 아닌 것 같고, 네 어머니도 언제 돌아올지 알 수도 없고. 용희 아버지가 알음알음으로 너희 세 남매가 지낼 곳을 알아봤다. 당분간 지내 봐라."

깊이 고개를 숙여 예를 표했다. 어떤 말도 나오지 않았다. 엄마가 바람처럼 떠도는 일이 종종 있지만 늘 돌아왔다고, 그때까지 신세를 지고 은혜를 갚겠노라는 말이 입에서 떨어지지 않았다. 노랗게 변한 하늘만 바라보았다고 말하려다 입을 다물었다. 그렇게 해서 우리는 그곳으로 들어갔다.

2

토요일 오후 용희 엄마와 언니가 우리를 인솔하여 간 곳은 한 유치원이었다. 학교에서 그리 멀지 않은 곳으로 이 도시 중앙에 위치한, 부유한 집 자녀들이 다니는 곳이었다.

큰 도로를 걸어 노랗고 빨갛고 파란, 각각의 색들이 밝게 칠해진 자그마한 건물 앞에 섰을 때 피아노 소리, 참새 소리, 맑은 시냇물 소리가 들리는 듯했다. 토요일이라 정문은 닫혀 있었다. 정문에서 골목으로 접어들어 한참을 걷자 후문이 보였다. 양옆 돌담 사이로 좁은 골목길이 이어졌다. 골목 끝 막다른 곳에 기와집 한 채가 눈에 띄었다. 웅장한 성문과 같은 대문이 굳게 닫힌 채 떠억 버티고 있는 앞으로 황토색 벽의 낮은 집이 웅크리고 있었다. 흙벽에는 격자무늬의 창호지 바른 나무 창문이 뚫려 있었다. 어쩐 일인지 창문은 그 나약함을 속수무책으로 드러내고 있다는 생각이 들었다.

문을 열고 들어서자 아기자기한 놀이기구들이 보였다. 이제 2학년, 4학년이 되는 동생들의 시선이 그것들에 머물렀다. 그런 동생들의 어깨를 감싸안고 용희 어머니가 들어간 곳은 어두컴컴한 넓은 공간이었다. 아마 부엌인 듯했다.

"자 이쪽으로 오너라. 너희들이 쓸 방이다."

부엌을 지나 방문을 열었을 때 나는 두 손으로 터져 나오는 탄성을 막았다. 조금 전 밖에서 본 창호지 바른 창문이 있는 그 방이었다. 방은 매우 좁고 어두웠다. 아마도 찬기류 같은 것을 보관하는 방이었던 것을 치우고 급하게 마련한 듯했다.

"이불과 베개, 비닐 옷장을 급하게 사고, 너는 고등학생이니까 집에 있는 책상 하나 가져왔다. 아궁이를 고쳤는데 다행히 불이 잘 들어 춥지는 않겠다. 요기할 것을 마련해 놓아 우선은 어찌 살겠지만 …"

용희 어머니는 말을 멈췄다. 엄마가 언제 올 것인지 염려하는 말일 것인데 듣는 순간 막막해짐을 느꼈다. 그 사이 부엌에 자그마한 찬장을 들이고 쌀이며 김치 기본 찬들까지 갖춰 놓았다. 그제서야 나는 엄마의 사라짐을 실감하며 용희 어머니 도움이 사무치게 와 닿았다. 이 현실이 믿어지지 않았다. 다음은 생각지 않기로 했다. 언제나 그랬듯 버티다 보면 엄마는 돌아올 것이다.

그날 밤 용희 어머니가 끓인 돼지고기와 두부 넣은 김치찌개를 다 같이 빙 둘러앉아 먹고, 몇 번이나 문단속 잘하라 이르고 떠난 뒤 동생들과 자리에 누웠다. 외진 골목의 마지막 집, 굳건하게 잠긴 대문 옆에 낮게 엎드려 있는 조그마한 방에 두 동생과 누워 있는 것이 한없이 불안했다. 정문 쪽은 안으로 문이 잘 잠겼으나 후문은 문을 걸 수 있는 고리 하나도 없이 언제든지 누구나 들어올 수 있었다. 용희 어머니가 방문을 안에서 잘 걸고 자라고 일렀으나 창호지를 바른 문의 창살을 뜯으면 아무 소용이 없었다.

3

학교 연못가 벤치에 앉아 나는 물끄러미 연못 수면에 들어온 하늘을 바라보다 무성하게 자란 풀에 지붕만 빼꼼히 드러내고 있는 생활관을 흘깃 바라보았다.

"야, 너 오래."

짝꿍이다. 반곱슬의 단발머리를 귀 뒤로 깔끔히 넘기고, 그나마 이마로 흘러내려 공부에 방해되는 걸 허용치 않겠다는 듯 앞 잔머리를 실핀 두 개로 고정한 짝꿍은 나와 눈을 마주치지 않으려 애쓰며 툭 내뱉고 앙도라진 듯 등을 보

이면서 돌아선다. 잔뜩 화가 나 있다. 인근 산골에 있는 중
학교에서 명문이라고 소문난 이 학교에 단 한 명 유학 온
짝꿍은 자취를 하며 공부에 열성이다. 쉬는 시간이면 아이
들을 모아 놓고 칠판 가득 팝송 가사를 써 부르거나 소설가
가 되겠다고 수업 시간이면 소설책을 읽고 또 끄적거리면
서 공부와 담을 쌓은 나는 짝꿍에게 몹시 불편한 존재다.
소설을 읽다 감동적인 부분을 들려주며 어떻게 생각하느냐
고 묻는 것에 대해 처음에는 고역스러워 하다가 이제는 그
런 나를 노골적으로 경멸해 마지않는다. 내가 교실에 들어
서면 얼굴빛을 바꾸면서 옆으로 돌아앉아 공부에 열중한
다. 나는 짝꿍에게 미안한 마음이 들어 짝꿍 없이 홀로 앉
은 회자에게 간다. 번호순으로 정하는 바람에 61번 회자는
짝꿍이 없다. 뒷자리는 아이들에게 가려져 소설 읽기에 안
성맞춤이다. 짝꿍에게도 좋은 일이다. 출석을 확인할 때 빈
자리를 발견한 선생님들은 기어이 내가 어디에 앉아 있는
지를 확인하고, 이렇게 밖에 나와 있을 때 기어이 짝꿍에게
찾아오라고 명한다. 짝꿍으로서는 여간 힘든 일이 아닐 수
없다.

　"어떤 선생님?"

　고전 과목임을 모르지 않으면서 짝꿍에게 물었다. 지난
여름비 내리던 날도, 이곳 연못에서 앉아 있는 나를 찾으러
온 짝꿍과 함께 교실에 들어갔을 때 고전 선생님은 비를 흠

뻑 맞은 내 모습이 매우 매혹적이라고 했었다. 아이들이 와 하고 박수를 치며 호응했다. 어디서 무엇을 했느냐는 물음에 비를 맞기 위해 연못에 있었다고 말했다.

"매우 멋있는 여성이야. 수업 시간에 비를 맞으러 갈 수 있는 정도는 돼야지. 낭만이 있어."

아이들이 발을 동동 구르는 웃는 가운데 그는 찬탄을 쏟아냈고 나는 감흥 없이 들었다. 우리 사이에서 은밀하게 크로마뇽인이라고 불리는 선생님이었다. 얼굴이 검고 보글거리는 곱슬머리에 튀어나온 입술이 영락없었다. 상춘가, 황진이의 시조와 같은 작품을 공부할 때 선생님은 감흥에 젖어 작품들에 대한 감탄을 쏟아냈지만 그의 열정은 우리에게 당도하지 못했고 우리는 무심했다. 유머가 있고 수업에 열중할 것을 강요하지 않는다는 점에서 존중했다. 선생님은 또 다른 종의 오스트랄로피테쿠스라 불리는 지리 선생님과 인기를 겨루고 있었다. 새 학기에 부임하는 선생님들을 소개하는 자리에서 우리는 술렁댔다. 스물아홉 살 선생님이 온다는 소문이 파다했기에 우리들의 기대는 하늘을 찔렀다. 이 학교에는 쉬쉬하는 몇 가지 불운의 역사가 있는데 그중 하나가 과거 젊은 선생의 학생 추행 사건이었다. 외부로 새어나갈까 쉬쉬했던 이 사건은 교복을 입은 선배들이 피켓을 들고 교문 밖으로 나가 시위를 함으로써 노출되었다. 이후 이 학교에서 젊은 남자 선생님은 찾아볼 수 없었다. 스캔들을 일으키지 않을 나이 지긋한 선생님들이 주를 이루었다. 학기 초 스물아홉 살 선생님이 온다는 소문이 파다하게 퍼졌다. 전교생이 모인 조회 시간에 모두가 숨을 죽인 채 그의 소개를 기다렸다. 그가 단상에 올랐을 때 우리는 그의 튀어나온 입과 온 얼굴을 덮은 주근깨에 실망했으나 상관없었다. 다음 순간 우리는 동남아 순회공연도 아니고 어제 막 신혼여행을 마치고 돌아왔다는 사실에 경악을 금치 못했었다. 총각 선생님은 끝내 우리에게 허용되지 않았다. 그러나 학교에서 가장 나이 적은 이십 대의 선생님을 우리는 기꺼이 환영했다.

"누구겠니, 너의 수호천사."

짝꿍은 한마디 던지고 쌩하니 돌아섰다. 나는 픽 웃었다. 늘 나를 찾아다니는 짝꿍이 불쌍했다. 더 이상 만죽을 걸지 않고 보내 주기로 하고 벤치에 드러누웠다.

어제 교무실에 간 나에게 가정 선생님이 너는 또 온 거야 하고 목소리를 높였다. 자리에 앉아 있던 선생님들이 나를 흘깃 봤다. 아랑곳하지 않은 채 담임 선생님 의자 옆으로 가서 꿇어앉았다.

"야, 너는 수업시간에 또 튄 거야? 얌전하게 생겨서는 말썽 부리는 게 아주 쏠쏠해. 툭하면 지각, 결석에 또 이번에는…"

담임 선생님이 비아냥댔다. 그래서 이렇게 착하게 잘 나오고 있다고, 지각 없고 결석 없는 이 학교의 오랜 전통을 위해 바라는 대로 성실하게 그것을 지키고 있다고, 숨이 막히는데도 불구하고 명예로운 전통에 먹칠하지 않기 위해 학교에 나와 잘 버티고 있다고… 나는 입술을 꾸욱 눌렀다. 입을 떼는 순간 거기 있는 선생님들이 모두 한마디씩 거들 것이기 때문이었다. 조용히 침묵하려는 나를 가만두지 않았다.

"그때 축제 때는 왜 그런 거니? 주희는 그렇다 치고 왜 그런 글을 낭독했어?"

가정 선생님이 기어이 내뱉었다. 제가 어땠는데요? 이번에도 꿀꺽 말을 삼켰다. 축제 프로그램에 독후감 발표 대회가 있었다. 각반에 한 명씩 출전하는 대회였다. 우리 반 대표로 뽑혀 『바람과 함께 사라지다』를 발표했다. 남북전쟁에 대해 언급한 뒤 스칼렛을 칭송하고 레트 버틀러와의 사랑에 대한 감상을 전했다. 아이들이 환호했다. 그러나 발표를 마치고 단상에서 내려오자 교감 선생님이 나를 불렀다. 조용히 나를 강당 한 귀퉁이로 이끌고 간 그는 느닷없이 3일 동안 상담실에서 반성문을 쓰며 근신하라고 했다. 하루 전 주희가 노래 부르던 중에 무대로 난입하여 신성한 교단에서 가곡을 부르지 않았다는 이유로 따귀를 갈겼던 장면을 떠올렸다. 주희는 우리들 사이에서 가수였다. 너 밤무대 뛰는 가수야? 주희가 기타 줄을 퉁기며 부른 노래는 '옛

시인의 노래'라는 가요였다. 우리는 모두 기타 선율과 주희의 목소리에 취해 두 손을 모으고 황홀경에 빠져들었다. 같이 벌을 받게 된 인연으로 주희는 쉬는 시간에 상담실을 찾아왔다. 이렇게 된 바에야 그토록 원하던 무대에 서서 실컷 노래를 부르겠다고 했다.

나는 격려되어 3일 내내 반성문을 썼다. 내가 쓴 글의 어느 부분이 문제였는지 왜 반성을 해야 하는지 모른 채 까뮈를 버지니아 울프를 전혜린을 읽으며 그들에게 내 처지를 하소연했고 상담 선생님은 어떤 말도 하지 않았다.

정적, 이 고요라니. 때마침 느껴지는 어떤 진동에 소스라쳐 놀라며 벤치에서 벌떡 일어나 앉았다. 무엇일까. 나뭇가지가 크게 흔들리고 있다. 정말 움직였던가. 새가 왔던가, 떠났던가. 나뭇잎 하나가 툭 떨어졌다.

문득 내 눈이 머문 곳은 오래된 목조건물이었다. 신축한 교문 앞의 건물을 제외하고 학교는 전체적으로 낡았다. 나무판자로 된 복도를 걸을 때면 요란하게 삐걱거린다. 비 내리는 날, 체육 시간에 강당에서 준비 운동을 하려고 뛰기라도 하면 여기저기서 우지끈 판자가 내려앉았다. 도서관도 마찬가지였다. 그중에서도 유난히 낡은 건물이 생활관과 음악실이었다. 특히 생활관은 폐가에 가까웠다. 음악 시간이면 피아노가 있는 음악실로 이동했다. 생활관과 나란히 붙어 있는 그곳은 출입문은 각기 다르나 안으로 통하는 문이 있었다. 문은 진한 보라색의 두터운 융단 커튼으로 가려 놓았는데 저 너머에 무엇이 있을까 하는 호기심에 들춰 보았다가 풀풀 날리는 먼지로 기겁을 한 아이들이 소리를 질러 댄 바람에 음악 선생님에게 혼벼락이 났다. 처음 얼마간은 음산함을 느꼈으나 익숙해지면서 가려진 커튼 너머의 공간을 잊은 채 피아노 반주에 맞춰 노래를 불렀다. 음악실은 전교생이 일주일에 한두 번 이용했고, 생활관은 1년에 한 번 문을 열었다. 매년 2학년들이 예절교육을 받을 때 공개되었다. 아이들 사이에서 생활관의 문이 굳게 잠겨 있고 폐가가 된 것은 그 안 어디엔가 뚫려 있는 총구멍 때문이라는 소문이 돌았다. 어느 해 가을 이 지역에서 사람들이 '반란'이라고 부르는 큰 사건이 발생했는데 그때 학교는 휴교령이 내려졌다던 것이다. 사건이 끝나고 학교에 돌아온 학생은 백이십 명 중 이십 명에 불과했다고 하였다. 그것이 생활관이 폐가가 된 직접적 이유였다. 시간이 흐르면서 생활관은 폐기되고 총구멍은 잊혀졌다. 지금 생활관 주변은 개망초와 국화만 무성하게 피어 겨울 초입을 맞이하고 있다.

정적 속에서 생활관을 빤히 보면서 나는 묘한 기분에 사로잡혔다. 그것은 어떤 두려움과 설렘 같은 감정이었다. 얼마 전 가정 시간에 선생님은 곧 생활관에서 예절 교육이 있을 것이니 미리 한복을 준비해 두라고 했다. 소문으로 듣던 구멍을 보게 되다니. 그 흔적을 찾아보리라 내심 벼르던 차였다.

엄마가 사라짐으로써 모든 것이 엉망이다. 용희 부모님이 마련해 준 식량은 이미 동이 났다. 동생들의 옷만 해도 여벌의 옷이 없어 집을 나올 때 입던 옷을 날마다 손세탁을 해야 한다. 이제 세탁할 비누조차도 없다. 엄마가 사라질 때면 외가나 친가에 알려 도움을 받았으나 이제 모두가 외면한다. 엄마는 어디로 갔을까. 나는 지금 우리가 살고 있는 방의 창호지에 뚫려 있는 구멍을 떠올린다.

용희 어머니는 연탄가스를 염려하여 격자 모양의 창문에 창호지를 바른 후 아래 세 칸을 뚫어 놓았다. 날씨가 점점 추워지면서 뚫린 구멍으로 들어오는 바람이 제법 날카로웠다. 용희 어머니가 쓰고 남긴 창호지를 잘라 구멍을 모두 막았는데 어느 날 한 칸이 뚫려 있었다. 처음에는 의심없이 뚫려 있는 구멍에 창호지를 발랐다. 그러나 다음에도 그것이 반복되자 누군가 의도적으로 구멍을 뚫고 있다는 것에 생각이 미쳤다. 동생들에게 물었으나 구멍을 뚫은 사실이 없다고 했다. 지나가는 사람이 호기심에 뚫었으려니하면서 창호지를 다시 발랐던 나는 두세 차례 반복되자 점차 불안해졌다. 밤이면 서둘러 불을 끄고 창문을 주시했다. 그러나 한동안 잠잠했고 불안감에서 놓여났다.

그날 용희 언니가 목욕탕에도 데려가고 옷도 사 입히겠다며 동생들을 데려가고 홀로 있던 날 밤이었다. 모처럼 부얼에서 간단한 샤워를 하고 감은 머리에 수건을 뒤집어쓴 채 발가벗은 몸으로 방에 들어온 나는 소스라쳐 놀랐다. 구멍을 통해 어떤 눈동자 하나와 마주쳤던 것이다. 털썩 주저앉아 머리를 감싼 수건을 풀어 몸을 가렸다. 동시에 창호지를 뚫고 긴 철사가 쑤욱 나를 향해 왔다. 터져 나오는 비명을 누르고 벽을 더듬어 전등 스위치를 내린 뒤 문고리를 잠그고 숟가락을 걸었다.

생활관 실습의 날, 1년에 한 번 문을 여는 탓인지 퀴퀴한 냄새가 코를 찔렀다. 음악실이 생활관과의 경계선에 진보라색 커텐을 쳐 두었던 것처럼 여기는 벽 쪽으로 빙 둘러 병풍을 세워 두었다. 병풍 뒤 어디쯤에 문제의 구멍이 있을 거라는 생각이 들었다. 바닥에는 보료가 깔려 있었다. 가정 선생님의 인솔로 한복 입는 법 절하는 법 등을 배웠다. 한복을 준비해 오도록 했으나 있을 턱이 없어 이미 차례를 마친 친구의 것을 넘겨받아 교복 위에 급히 걸쳐 입었다. 순서를 마친 조는 밖으로 나갈 것을 지시했으나 나는 호시탐탐 그 총자국을 찾기 위해 두리번거렸다.

한 반에 60여 명, 한날 10개 반이 예절 교육을 받다 보니 머물러 살펴볼 틈이 없었다. 마지막으로 생활관 문을 누가 잠그는지 열쇠가 누구의 손에 쥐어져 마무리되는지 확인해야 했다. 가정 선생님은 친구들과 사진을 찍는 틈에 사라지고 없었다. 선생님 대신 마무리를 자청하면서 생활관을 샅샅이 살펴보려던 것이었는데 낭패였다.

그때 도서관 사서 선생님에 생각이 미쳤다. 점심시간이
면 재빨리 도시락을 먹어 치우고 도서관으로 갔다. 낡은 나
무판자로 된 도서관 바닥은 초칠을 하고 병으로 문질러 윤
기를 내어 언제나 반질반질했다. 세계 명작들이 꽂혀 있는
쪽은 안쪽에 위치해 있었다. 여름이면 열어 둔 창문으로 시
원한 바람이 불어오고, 겨울이면 따뜻한 햇빛이 들어왔다.
낙원이 달리 없었다. 나는 항상 창문 쪽 후미진 곳, 아이들
의 발길이 닿지 않은 곳에서 책장 모서리에 등을 기대고 앉
아 책을 읽었다. 매캐한, 오래된 책 내음이 좋았다. 사서 선
생님은 나를 발견하지 못한 채 몇 차례 문을 걸어 잠궜다.
이후 그것은 암암리에 그와의 모의가 되었다. 수업에 참석
하지 않은 것에 노발대발하는 선생님들에게 사서 선생님
핑계를 댔고 그는 책들 틈에서 미처 발견하지 못하고 문을
걸어 잠근 것에 대해 사죄했다.

나는 사서 선생님에게 마지막으로 한 번만 더 부탁을 하
자고 마음을 굳혔다.

4

엄마는 즐겨 나에게 그 가을에 일어난 그 사건을 이야기

했다. 아니 음악 선생님에 대해 이야기했다는 것이 맞다.

그 가을의 한 해 전 5월, 선생님은 우리가 교복 상의를 새하얀 춘추복으로 바꿔 입고, 목련꽃 진 나무 아래로 삼삼오오 짝을 지어 몰려들기 시작했을 무렵 음악 교사로 왔어. 처음 보는 순간 우리는 눈부신 외모에 감탄을 금치 못했어. 그때까지 우리들이 봐 온 사람들과는 달랐어, 그야말로 천상의 외모였어. 눈부시다 하는 말은 선생님들이 우리들을 바라보며 이팔청춘이로고, 눈부신 시절이다 하고 말할 때나 들어 보았지. 교정에 활짝 핀 목련 아래서 무수히 하늘로 날아오를 태세로 피어 있는 목련꽃들을 우러러보며 내가 차마 내뱉지 못하고 안으로 삼키던 말이기도 했어. 그는 어깨에 날개를 달고 그렇게 눈부신 모습으로 우리 앞에 나타났던 거야.

선생님이 부임하던 날 단상에 오른 교감 선생님은 전교생을 운동장에 세워 놓고 들뜬 목소리로 소개했지. 인근 섬에서 태어나 서울로 유학, 음악 학교를 졸업한 후 동경으로 떠났대. 일본 대도시를 돌며 순회공연을 할 만큼 실력을 인정받았다고 했어. 교감 선생님은 해방과 함께 고향으로 돌아와 음악교사로 부임, 클래식을 알리기 위한 활동을 펼치고 있는 선생님을 공들여 모셔왔다고 의기양양해 했어. 우리들이 음악 선생님에게 취해 보내는 박수에 잔뜩 고무된 교감 선생님은 계속해서 일화를 소개했어. 클래식을 퍼뜨리기 위해 고향에서 최초로 음악회를 열었던 극장에서 일어난 이야기였어. 선생님이 푸치니의 가곡을 불렀을 때 클래식을 처음 접한 대중들은 무슨 저 따위 노래를 하느냐며 웅성댔다는 거야. 그때 선생님은 황급히 농부가를 불러 그들의 마음을 사로잡았다고 해. 우리는 함성을 지르며 박수를 쳤어. 기지를 발휘한 선생님을 향해 두 손을 모은 채 흠모의 눈길을 보내는 아이, 옆 친구와 서로 껴안은 채 감동의 눈물을 흘리는 아이들, 모두 그렇게 선생님에게 취해 있었지. 나는 저 우아한 선생님이 덩실덩실 춤을 추며 농부가를 부르는 모습을 상상할 수 없었어. 마지막으로 교감 선생님의 입에서 나온 말은 우리들의 가슴에 짙은 그늘을 드리우고, 푸른 초원을 향해 마음껏 달려 나가던 걸음을 멈추게 했지. 선생님에게 피아니스트인 부인과 그 사이에서 얻은 4살 난 아들이 있다는 말이었어.

선생님은 눈부신 외모에 성품이 온화하고 사랑스러웠어. 선생님이 오면서 모두 꿈에 취해 있었어. 수업 시간이면 노래를 청했는데 그냥 수업에 임할 기미가 보이면 들려줄 때까지 박수를 쳤어. 얼굴을 붉히며 중저음의 바리톤 음색으로 차분히 노래할 때면 그 노래 가사가 마치 시를 읊듯 우리에게 다가왔어. 그렇게 노래를 잘하는 사람은 난생처음 보았지. 이후로도 보지 못했어. 신이 점지해 주었을 거야. 천상의 목소리라고 하지 않니.

사택에서 생활했던 탓에 선생님은 늘 학교에 나와 주변을 살폈어. 대충 나오는 법 없이 언제나 예의 그 청색 양복과 구두를 신은 채 성장을 하고 있었지. 때로는 자신을 쏙 빼닮은 아들을 데리고 오기도 했어. 우리들이 공부를 하다가 노래를 청하면 언제든 응했어.

엄마는 그 시절로 돌아가 꿈에 취한 듯 말하곤 했다. 그 시절이 꿈결 같기만 한 것은 아니었다. 선생님이 학생들을 위해 클래식 반을 꾸린다는 소식이 전해졌어. 너 나 할 것 없이 나섰지. 무용부들까지도 무용을 그만두고 성악을 하겠다고 나서는 바람에 문제가 제법 심각해졌지. 선생님은 누구에게도 상처를 입히지 않는 방법으로 모두를 받아들여 다 같이 모인 자리에서 노래를 불러 선발하겠다고 했어. 그때만 해도 성악이나 무용은 부유한 집 아이들이 하는 것으로 인식돼 있어 선생님의 선발 방식은 나름 획기적이었지.

그 대열에서 나도 피해 가지 못했지. 음악 시간에 앞에 나가 노래를 부른다거나 소풍 때 유행가 한가락쯤은 해서 옥구슬 굴러간다는 소리를 곧잘 들었으니까. 선생님은 자유곡을 선정해와서 부르게 하고 중간 지점에서 끊었어. 가곡이어야 한다고 했는데 아는 노래라야 고작 교과서에서 배운 것이 전부였던 터라 친구들 선곡이 대부분 겹쳤어. 한 사람 한 사람 나가 선생님 앞에서 노래를 부르는데 다들 떨려서 제대로 부르지 못했어. 선생님은 미소를 띤 채 귀를 기울였어.

드디어 엄마 차례가 되었다. 친구들이 불렀던 울밑에 선 봉숭아야를 연습했으나 친구들이 죄다 불러대는 통에 질려버린 엄마는 아이들과 다른 분위기가 필요하다고 판단했다. 자신의 순서가 오고 마음의 결정을 내리지 못한 채 나간 엄마의 입에서 나온 노래는 뜻밖에도 '목포의 눈물'이라는 유행가였다. 아이들이 고개를 돌리며 웃었다. 그때까지 엄마가 가장 자주 불렀던 노래였다. 11남매 중 맏이인 엄마에게 할머니는 집안일을 떠맡기다시피 했고 한 치의 실수도 용납하지 않았다. 일이 버거울 때마다 노래를 흥얼거렸는데 특히 이 노래는 매번 빠지지 않았다. 선생님은 엄마의 노래를 끊지 않고 끝까지 들었다. 노래를 마친 엄마는 고개를 숙인 채 어찌할 바 몰라 했다. 선생님이 박수를 쳤다. 아이들이 어리둥절해하며 선생님을 바라보았다.

"음색이 곱구나. 목소리에서 옥구슬 구르는 소리가 난다."

"얘 이름이 옥자예요."

아이들이 와 웃었다. 아이들은 얼굴 예쁘장하고 단아한 엄마가 경쟁자에서 밀려날 것이라는 생각에 안도했다. 예상을 뒤엎고 그 많은 아이들 중에서 뽑힌 사람은 엄마였다. 엄마를 뽑은 것을 두고 누구도 이의를 제기하지 않았고 투명성을 인정했다. 선생님이 아이들을 향해 말했다.

"너희들은 내가 옥자를 뽑은 것에 대해서 의아할 것이다. 옥자는 다 공감했겠지만 목소리가 예뻐서 유행가가 가곡처럼 들렸다. 그보다 중요한 사실은 이 노래에 담긴 우리 민족의 정서를 잘 살렸다는 것에 있다. 노래는 단순히 우리들의 흥과 기쁨만을 위해 부르지 않는다. 물론 그것도 중요하지만 노래에는 개인의 정서보다 그 시대를 사는 사람들의 아픔을 담아야 한다. 내가 지향하는 음악이 바로 그런 것이다."

분위기가 숙연해졌다. 우리는 선생님의 지도를 받으며 노래를 불렀어. 꿈같은 시간이었어. 어머니가 빨리 돌아와 집안일을 하지 않는다고 온갖 타박을 다하였으나 끝까지 버텼어. 그것만이 내 삶의 전부인 것처럼 느껴졌어.

한 해가 지나고 선생님은 자신의 이름을 건 독창회를 하게 되었어. 클래식 교실을 좀 쉬자고 했지. 대신 그동안 갈고닦은 실력을 발휘할 겸 중창단을 꾸린다고 했어. 이 도시에는 독창회를 할 장소가 마땅치 않았으므로 광주로 정해졌어. 4중창단을 꾸리는 것은 쉽지 않았어. 부모님들이 하교하는 대로 귀가하기를 원했고 그런 가운데 방과 활동에 임하던 터라 선뜻 집을 떠날 수 있는 친구가 없었어. 클래식에 대한 이해가 없던 시대라 무대에 서는 걸 딴따라 정도로 여기고 질색을 하는 부모님도 있었지. 결국 중창단은 집안이 부유하고 의식이 트인 부모님을 둔 숙희, 또 성악가를 꿈꾸던 은자와 혜순이, 선생님을 좋아해서 무용을 하다 성악으로 바꾼 정순이로 꾸려졌지.

10월이 되면서 선생님과 중창단은 연습을 시작했어. 우리들은 틈나는 대로 친구들이 연습하는 노래를 들었어. 선생님이 부르는 노래들도 들을 수 있었는데 그동안 듣지 못했던 곡들이었어. 일본 노래라고 했는데 선생님이 보여 준 악보에는 일본 말 가사 아래 한국말들이 빼곡이 채워져 있었어. 선생님은 학교에 출장 허가를 내고 광주로 올라갔어.

은밀한 소문이 돌기 시작한 건 그즈음이었어. 그 중심에 선 친구가 인자였지. 방과 후 클래식 교실에서 연습을 해야 할 인자가 자주 빠지는 바람에 연습을 제대로 할 수 없었어. 시국이 어수선한 가운데 인자는 비밀스러운 모임에 빠져 있었어. 교외에 있는 절에서 모여 사회주의 사상에 대한 교육을 받는다고 했어. 인자는 처음 오빠의 채근에 못 이겨 들어갔던 것인데 시간이 지나면서 누구보다도 적극적으로 임한다는 소문이었어. 나에게도 몇 번 같이하자는 권유가 있었는데 우리 또래들은 물론 대학생들도 있다고 했어. 목사도 있고, 선생님들도 있고, 다양한 계층의 사람들이 모여 공부한다는 거야. 나는 어머니가 워낙 단도리를 한 탓에 공부 마치는 대로 귀가해야 했으므로 그저 귓등으로 흘려들었지. 한편으로는 혹하여 가 보고 싶은 마음도 있었지. 음악 선생님은 음악의 사회 실천을 강조했어. 클래식 교실에 처음 모이던 날 선생님은 말했지.

"창작자 연주자 감상자가 예술을 즐기기만 하는 것은 바람직하지 않아. 음악도 국가에 공헌할 수 있어야 하고, 사회 실천을 할 수 있어야 해."

나는 결국 그 절로 달려갔어. 선생님이 있을 것 같았어. 혹시나 하는 마음에 가 보았지만 번번이 헛걸음이었지. 광주에서 독창회 준비로 분주할 선생님이 거기 있을 턱이 없었지.

선생님의 명성은 널리 퍼져 있었어. 학교에서는 선생님의 독창회와 4중창단 공연을 홍보했어. 인자 또한 오빠의 지시를 받고 더 많은 아이들을 모집하기 위해 동분서주했어. 인자는 오빠에게서 이상한 말을 들었다고 했어. 음악 선생님이 자신들의 모임에 나오고 있으며 그로 인해 사람들이 몰려오고 있다는 것이었어. 인자는 무슨 말이냐, 알다시피 선생님은 독창회 공연이 임박하여 광주에서 연습에 여념이 없다, 하고 오빠의 말을 일축했다는 거야. 실제로 사람들이 많이 몰려들고 있는 것은 사실이었대. 인자는 얼마 전 오빠가 '음악 선생님을 모실 수 있을까, 와 주면 학생들 동원은 시간 문제인데.' 했던 말이 떠올랐어. 이상한 마음이 들어 명단을 보니 선생님의 이름이 적혀 있더라는 거야. 오빠에게 따져 묻자 우리 학교 선생님의 소행이었어. 수업 시간에 해방 이후 배고픈 인민이 더욱 늘어났다며 시국을 한탄하고는 했어. 인자는 선생님에게 달려가 사회를 바로 세우려는 뜻은 존중하지만 음악 선생님 의사도 없이 명단에 올려 학생들을 동원하려는 것은 부당한 처사라고 따졌어. 인자의 항의 따위는 소용없었어. 이미 소문은 일파만파 퍼졌고 음악 선생님이 있는 곳이라면 좋은 곳임에 틀림없다고 여긴 아이들이 몰려들었다는 거야. 나도 음악 선생님을 빌미로 들어오라는 청을 받고 있었지. 얼마 전 정순이가 학교에 왔을 때 아이들은 선생님 안부를 묻기에 바빴지. 정순은 발표회 일정이 늦춰졌다고 말했어. 프로필을 찍고 포스터도 곳곳에 붙여 준비가 끝났는데 공연하기로 한 극장에서 상영 중인 영화를 연장하는 바람에 미루어졌다는 것이었어.

나는 선생님을 그곳에서 봤어. 그것이 마지막이었어.

무엇이 잘못되었던 것일까. 사건이 터지고 영문도 모른 채 경찰서에 끌려갔어. 이유를 알려 달라는 말조차 하지 못했어. 교육장을 기웃거렸다는 것이 이유였어. 욕설과 구타. 정신을 차렸을 때 나는 구덩이 속이라는 것을 알았어.

"나는 아무것도 몰라요. 도대체 무슨 잘못을 했는지는 알아야 할 것 아니요."

익숙한 음성. 분명 음악 선생님이었어. 구덩이 속에서 어떻게 빠져나왔는지 지금도 알지 못해. 쩌렁쩌렁한 목소리는 가까운 곳에서 들려오고 있었어. 소리의 파장을 따라

기어서 그들이 있는 곳까지 갔지. 나무 뒤에서 나는 군인들 사이에 있는 선생님을 봤어. 끌려온 사람들과 구경나온 사람들.

"당신 학생들에게 사회주의 사상 교육시킨 사실 있지. 당신은 순수한 여학생들을 좌경화시킨 위험인물로 신고되었어."

선생님은 금시초문이라고 했어. 독창회를 준비하면서 학교에 출장서를 내고 줄곧 광주에 머물러 있던 차에 사건 소식을 접했다고 말했어. 제자들의 희생 소식이 잇따라 들려오면서 안절부절 하는 사이 때마침 광주 공연이 연기되어 내려올 결심을 했다는 거야. 동시에 경찰서에서 조사할 것이 있으니 다녀가라는 연락을 받아 곧장 내려왔다고 덧붙였어. 경찰은 왜 곧장 출두하지 않고 학교로 갔느냐고 총부리를 들이대며 선생님을 위협했어. 학교에 몸담고 있는 선생으로서 당연한 일 아니냐는 항변에 경찰은 누군가와 만나 음모를 꾸미려는 것 아니었느냐고 윽박질렀지.

"스승이 제자와 무슨 음모를 꾸민다는 말이오. 교정에서 같이 노래하던 제자들의 생사마저도 모르는 상황에 지나친 억측이요."

선생님의 목소리가 쩌렁거렸어. 부드럽고 온화한 선생님의 어디에서 저런 단호함이 나오는가.

"어떤 변명을 해도 당신의 이름 석자가 이 명단에 있어."

경찰은 명부가 적혔다는 책자를 들어 보이며 말했어. 선생님은 누구든 한 사람만 만나게 해 달라고 했어. 그 사람이 누구든 자신이 거기 없었다는 것을 증언해 줄 수 있을거라는 거였어. 경찰은 총부리로 선생님을 후려치며 그들은 이미 죽었다고 했어.

"나는 노래하는 사람이요. 거짓말 따위는 하지 않소."

경찰이 총을 들이대며 방아쇠를 끌어당겼어.

"나는 성악가요. 마지막 가는 길에 노래 한 곡 할 수 있도록 해 주시오. 무대에 올라 청중들 앞에서 부르고 싶었던 노래요."

내 귀를 의심했어. 선생님은 정중히 청했어. 내가 우습게 보이느냐며 경찰은 총부리를 휘둘렀어. 비틀거리며 일어선 선생님에게 방아쇠를 당기려던 순간 옆에 선 경찰이 손을 들어 저지했어. 고개를 까딱하자 그가 물러났어. 선생님은 다리를 벌리고 몸을 살짝 튼 채 노래하기 시작했어. 우리들 앞에서 노래를 할 때와 같은 자세, 목소리, 선생님은 끝까지 흔들림 없었어. 하마터면 우리들이 교실에서 매번 그랬듯이 벌떡 일어서 탄성을 지를 뻔했어.

울밑에 선 봉선화야

선생님은 '울밑에 선 봉선화야'를 끝까지 불렀어. 죽음을 앞둔 공포와 절망 속에서 부르는 노래가 아니었어. 선생님은 항상 노래를 가르치기 전에 예를 갖춰 그 노래를 불러주었어. 마치 무대에서 발표하듯. 그날 선생님은 평소 우리에게 들려주었을 때보다 더 잘 부르는 것 같았어. 선생님의 노래가 끝나자 경찰은 다시 총을 들었어.

"멈춰. 쏘지 마. 저 사람을 살려야겠어."

누군가 외쳤고 그 외침이 끝남과 동시에 요란하게 총소리가 울렸어.

5

아침 햇살이 찬연히 떠오르고 있는 월요일 아침, 한 살인자가 하늘의 태양을 바라보며 '일주일이 참 찬란하게 시작되는군.'하고 말하며 교수대로 향했다는 정신분석가의 글을 읽은 적이 있다. 살인자가 교수대로 향하며 한 그 말은 찬탄일까, 비탄일까. 글을 쓴 사람은 살인자가 한 말이 유머라고 했다. 살인자는 자신이 뱉어낸 유머로 만족감을 얻고, 살인자의 유머를 듣는 사람은 자기가 만들어낸 유머에 만족을 느끼는 살인자처럼 즐거움을 느낀다고 했다.

거리에 은행잎이 마치 가로등처럼 노란 불빛을 터뜨릴 때쯤 엄마의 증상은 시작되었고 어김없이 음악 선생님 이야기를 들어야 했다. 그때마다 음악 선생님이 자신의 죽음 앞에서 노래 부르는 광경을 이해할 수도 상상할 수조차 없었다. 엄마가 증상 속에서 열에 들떠 그저 뱉어내는 이야기려니 했었다. 정신분석가의 글을 읽은 것은 얼마 전이다. 음악 선생님과 엄마가 겪은 일과 너무나 흡사해서 이해가 되지 않음에도 불구하고 읽고, 읽고, 또 읽어 가까스로 내 나름의 이해에 도달할 수 있었다. 음악 선생님의 노래는 자신에 대한 찬탄일까, 비탄일까. 마지막이 될 자신의 노래를 부르면서 그는 어떤 효과를 기대했을까. 선생님의 노래를 들은 엄마는 어땠을까. 만족감을 느꼈을까. 사람들은 살인자가 유머를 던지는 모습을 보면서 그가 두려움, 절망감에 휩싸여 있으며 그를 지켜보는 대중도 같은 감정을 갖는다고 생각한다. 그런데 예상을 뒤엎고 유머를 던진 살인자가 만족을 얻은 만큼 그를 지켜보는 사람도 즐거움을 얻는다는 것이다.

내 속에 들어 있는 수많은 나 중에서 또 다른 나는 불행에 맞닥뜨렸을 때 쉽게 복종하거나 자신을 내어 주지 않는다는 것을 나는 엄마의 삶을 통해 알았다. 살면서 만나는 불행은 자신에게 어떤 피해도 줄 수 없다는 확신에 차 있는 것 같다. 월요일에 교수대로 가는 살인자는 '나는 아무렇지도 않다. 나 같은 놈팽이가 교수대에서 사라진들 그게 대수인가. 지구는 잘 돌아갈 텐데.'하고 말하는 것 같다.

음악 선생님이 총부리 앞에서 노래를 부른 것은 어떤 마음에서였을까. 죽어가면서도 노래를 한다는 것은 그 순간에도 자신을 놓지 않으려는 것이었을지도 모른다. 선생님에게 노래는 그 순간의 고통에서 벗어나려는 최선이었을 것이다. 자신을 어린아이 취급하면서 겁에 질려 있는 스스로에게 노래를 통해 위안을 보내는 것도 같았다.

아, 나는 엄마의 빛이 사라져 버린, 텅 비어 다만 두 개의 구멍으로 뚫려 있을 뿐인 눈동자를 인정하기로 했다. 적어도 엄마가 집을 나갈 때는 자신이 간절히 원하는 것을 찾아나서는 것임이 틀림없을 것이기 때문이다. 그럴 때 엄마의 눈동자가 얼마나 생기에 차서 반짝이는지 아는 까닭이다.

나는 분연히 일어나 생활관을 향해 갔다.

아침에 나는 격자 창문의 구멍을 뚫고 들어온 철사를 대면한 이후 커튼을 대신하여 가려 놓았던 보자기를 걷었다. 동생들이 와아 탄성을 지르며 환해진 창문으로 달려가 손가락에 침을 묻혀 동시에 구멍을 뚫었다. 언니 이리와 봐 저기 꽃. 여동생을 따라 언니라고 부르는 막내와 여동생이 동시에 외쳤다. 나는 조금 더 위로 툭 구멍을 뚫었다. 거기 흙돌담 틈에 쑥부쟁이 한 무더기가 안녕안녕 하며 몸을 흔들고 있었다. 불현듯 엄마 생각이 났다. 역사적 현장에 있었던 저 쑥부쟁이 같고, 목련꽃 같고, 코스모스 같았던 소녀가 사선을 뚫고 살아나 한때 뜨겁게 가슴으로 품었던 선생님의 죽음을 목격하고, 그로 인해 평생 미행당하며 살았다. 그 삶을 어떻게 설명할 수 있을까. 총살을 당했다는 뚜렷한 근거가 없다 하여 신체적으로 외상이 없다 하여 상처가 없다고 할 수 있을까. 나는 지 새끼들 두고 홀연히 사라진 엄마를 용서하기로, 아니 온 가슴으로 안아 주기로 했다.

사서 선생님이 뒷짐을 진 채 입구에서 서성거리고 있다. 나는 절로 발걸음이 가벼워졌다. 언제든지 부탁을 들어주는 고마운 사람이다. 내 기척에 그가 돌아보았다.

"야 임마, 이번에는 밥줄 끊길 수도 있어."

그는 열쇠를 꽂으며 나를 향해 씨익 웃었다. 주먹 꽉 쥔 팔을 힘껏 세워 보이며 생활관 안으로 들어갔다.

달팽이의
뿔

제집을 등에 지고 몸을 주욱 늘어뜨린 채 긴 뿔을 세워 마음껏 세상을 휘둘러보던 달팽이를 눈으로 좇으며 팽나무로 향한다.

증조할아버지는 언제나 눈을 감은 채 천으로 싼 유리병을 꼬옥 안고, 오래된 팽나무 그늘 아래 놓인 의자에 앉아 있다. 팽나무 뿌리가 땅 위로 솟구쳐 뻗어 내려간 의자 뒤쪽으로 도랑물이 흐르고 둘레로 풀들이 무성하다.

증조할아버지를 향해 가던 나는 멈칫했다. 달팽이다. 증조할아버지가 앉은 의자 주변을 서성이다 사라져 버린 달팽이가 늘 궁금하던 차였다. 여전히 몸이 굳은 채로 딱딱한 껍질 안에 들어가 있었다. 처음 제집을 등에 진 채 몸을 땅에 늘어뜨리고 긴 뿔을 세워 세상을 호기롭게 바라보던 모습이 떠올랐다.

그날도 증조할아버지 옆에서 벽돌을 의자 삼아 앉아 막대로 휘휘 풀을 내저었다. 그때 달팽이가 눈에 들어왔다. 심심하던 차였다. 막대를 던지고 그 앞으로 가 쭈그려 앉았다. 달팽이는 천천히 머리를 내밀어 뿔처럼 생긴 두 쌍의 길고 짧은 더듬이를 쑤욱 뻗었다. 제집에서 몸을 빼내 땅에 늘어뜨린 달팽이는 큰 더듬이 두 개를 힘껏 세워 마치 레이다를 쏘듯 휘릭 내돌렸다. 나는 달팽이의 그 모습이 무척 힘차 보였다.

나는 호기심이 일어 검지로 긴 뿔을 톡, 건드렸다. 달팽이는 움찔, 움츠러들며 머리 안으로 쏘옥 뿔을 넣고는 서서히 몸을 움직여 제집으로 들어갔다. 얼마간의 시간이 흐른 후 달팽이는 머리를 내밀고 더듬이를 세웠다. 또 톡 건드렸다. 손가락을 감지하자마자 즉각 더듬이를 감추고 집으로 들어가 몸을 숨겼다. 달팽이는 집으로 들어가면 눈과 입 더듬이가 살덩어리로 합체되고, 밖으로 나오면 몸통이 생기면서 눈과 입 더듬이가 분리된다고 했다. 적을 만나면 집으로 들어가 합체해 있다가 밖으로 나오면서 분리한다. 내 손가락이 더듬이를 건드릴 때마다 합체와 분리를 반복하는 것에 흥미를 갖고 지켜보면서 밖으로 나오는 시간이 처음에 비해 점차 늦어지는 것을 발견했다. 문득 달팽이가 내 손가락을 적으로 여기고 있는 것은 아닐까 하는 의문이 들면서 덜컥 가슴이 내려앉았다. 집 속에 있을 때 살덩어리일 뿐인 달팽이가 얼굴과 머리 더듬이 같은 것들을 만들어 밖으로 나오는 것은 세상을 향한 도전이고, 세상을 만나고 싶은 꿈이 아닐까 하는 것에 생각이 미쳤다.

달팽이가 나오기를 기다렸으나 꿈쩍도 하지 않았다. 더듬이 끝에 달린 눈으로 세상을 마주하려던 활기 넘쳤던 달팽이는 나의 손가락이 주는 두려움으로 딱딱한 집에 갇혀버렸다. 부드러운 살덩이도 딱딱하게 굳었다.

오늘에야 달팽이가 모습을 드러냈다. 반가웠다. 멀찌감치 떨어져 지켜보았으나 여전히 달팽이는 나오지 않았다. 손가락에 대한 두려움 때문일까. 나는 딱딱한 달팽이 집을 보면서 달팽이의 소망에 대해 생각했다. 밖으로 나오고 싶은 소망. 눈이 달린 더듬이를 힘차게 휘돌리며 세상을 마음껏 보고 싶은 소망.

나는 저만치 앉아 있는 증조할아버지를 바라본다. 증조할아버지의 몸은 상처 자국으로 덮여 있다. 엄마는 옷을 갈아입히면서 그것이 고문 자국이라고 했다. 딱딱한 집 안에 갇혀 있는 달팽이처럼 증조할아버지의 희망이 좌절된 자국이다. 고문에 대한 기억이 증조할아버지를 의자에 꽁꽁 묶어 두고 있는 건 아닐까?

하늘에는 무수한 별들이 떠 있다. 어느 사이 내 눈은 별들로 가득 찬다.

며칠 서울을 다녀오겠다는 엄마의 말이 채 끝나기도 전에 나는 친구도 없는 이곳에서 혼자 무서워서 어떻게 지내느냐며 펄쩍 뛰었다. 엄마는 증조할아버지와 증조할머니가 있지 않느냐고 했다. 순간 100세에 이른, 검은 천으로 싼 병을 안고 의자에 앉아 있는 증조할아버지와 종일 방에 누워 꿈쩍도 하지 않는 증조할머니가 떠올랐다. 그들이 어떻게 될까 오히려 더 무섭다고 말하려다 꾹 눌러 참았다. 엄마는 무서운 것은 마음이 만드는 것이라고 할 게 뻔했다. 과연 엄마는

"귀신이니 도깨비니 하는 것들도 마음 깊은 곳에 숨어 있는 두려움이 그것으로 둔갑하거나 가면을 쓰고 나타난 것일 뿐 실제는 없어."

하고 말하며 자신이 없는 사이 별자리를 만들어 보면 어떻겠느냐고 했다. 하늘을 보면 화가도 되고 과학자도 되고 철학자도 될 수 있다고 하면서.

"하나하나의 별들이 모여 우리가 별자리라고 부르는 집이 된 거잖아. 저기 저 샛별을 중심으로 보이는 북두칠성이나 카시오페이아처럼."

엄마는 별자리를 만들다 보면 점처럼 흩뿌려져 있는 듯이 보이는 각각의 별들이 특별하게 보일 거라고 하였다. 우

리 손이 미치지 못하는 먼 하늘에 있는 별들을 그 자리에 그대로 두고 오직 눈으로 연결해서 짓는 것이 별자리라고, 어떤 별에게도 폭력을 가하거나 희생을 강요하지 않고 별들 하나하나를 존중하면서 완성해야 한다고 강조했다.

"어때? 별들 하나하나의 존엄을 인정하면서 전혀 폭력적이지 않은 방식으로 이룩하는 왕국. 너와 별이 관계를 맺으면서 그 왕국이 완성되었을 때 별들은 빛나고 너는 왕국의 주인이 되고… 모두가 빛날 수 있다는 점에서 멋진 작업 아닌가?"

어려웠다. 이번 전시회를 통해 엄마가 이루고 싶은 소망이 아닌가 하는 생각이 들었다. 엄마는 가진 것이라곤 중2병이라는 타이틀밖에 없는 나에게 하늘에 멋진 집을 지어 보라는 과제를 남기고 증조할아버지, 증조할머니를 맡긴 채 서울로 떠났다.

증조할아버지는 의자에 앉아 있다. 천으로 싼 유리병을 꼬옥 안고 눈을 감은 채 꼼짝도 하지 않는다. 가만 다가가 몸을 만져 보고 가슴에 귀를 대 본다. 증조할아버지가 눈을 뜬다. 눈꺼풀이 열릴 때까지 오래 걸린다. 백 살에서 한 살을 뺀 아흔아홉 살이다. 지팡이를 짚고 몸을 움직일 수 있을 만큼 정정하다. 자신의 속옷과 양말도 손수 빤다. 엄마가 준비해 두고 간 음식을 챙겨 증조할머니 방으로 가서 먼저 먹이고 자신은 뒤에 먹는다. 엄마가 나에게 맡긴 일이었는데 한 번도 챙기지 못했다. 증조할아버지는 새벽 5시에 일어난다. 내가 눈을 뜨면 이미 팽나무 아래 앉아 있다.

엄마는 증조할아버지가 워낙 강단진 사람이라 크게 걱정은 안 한다고 하면서도 노인들은 안심할 수 없다고 했다. 각별히 조심을 해도 발을 헛디딜 수도 있고, 의자에 멀쩡히 앉아 있다가 뒤로 벌렁 넘어가거나 고꾸라져 갑자기 숨을 거둘 수도 있다고 했다.

엄마가 떠난 뒤 나는 종일 휴대폰으로 게임을 하고, 졸리면 잠을 자고, 심심하면 친구와 영상통화를 하며 하루를 보냈다. 화면에서 좀 떨어져라, 약속 시간 지났으니 이제 그만해라 하는 엄마의 잔소리가 없으니 천국이 따로 없었다. 문득 증조할아버지에 생각이 미치면 마당으로 나와 꼰지발을 딛고 서서 확인했다. 천국 체험은 하루로 충분했다. 엄마의 잔소리가 없으니 게임을 몰래 할 때의 스릴도 재미도 없었다. 엄마가 만들어 보라던 별자리도 마음에 걸렸고 무엇보다 노인들은 한순간도 안심할 수 없다던 엄마의 말이 맴돌면서 증조할아버지가 걱정되어 마음이 편치 않았다. 나는 증조할아버지에게 달려가 옆에 있으면서 오줌을 싸기 위해 일어설 때 의자도 잡아 주고, 손도 내밀었다. 휘청할 때면 얼른 몸을 붙잡기도 했다. 이제 어느 정도 친해져서 곧잘 대화한다. 대화라기보다는 신호를 주고받는 정도라고 하는 게 맞다. 손잡아 드려요? 의자 빼 드려요? 그

거 제가 들고 있어요? 하고 말을 걸면 증조할아버지는 손 사래를 치거나 고개를 끄덕이거나 한다. 때로는 괜찮다, 고 맙구나 하는 말을 하기도 한다.

증조할아버지가 오늘 밤 나온 것도 그런 식의 대화의 결과이다. 나는 엄마가 제안한 별자리 만드는 것에 대해 어려움을 호소했다. 마당에서 별을 보면 거실의 불빛과 마당 둘레에 서 있는 가로등 불빛 때문에 또렷하게 보이지 않는다. 팽나무가 있는 곳은 어둠이 짙어 선명하게 보이지만 사실 낮에 증조할아버지와 같이 있어도 음산함이 느껴져 무서울 때가 있다. 증조할아버지가 일찍 잠자리에 드는 탓에 혼자서는 올 수가 없어 별자리를 만들지 못하고 있다고 말했다. 그것은 엄마에 대한 불만으로 이어졌다.

"사실 요즘 누가 별을 봐요."

여기 온 첫날 엄마는 '저기 별 좀 봐. 얼마 만이야.' 하며 탄성을 질렀다. 초등학교 때 선생님과 별자리 찾은 이야기며 그때 선생님을 짝사랑했다던 이야기, 별을 보면서 꿈을 키웠다는 이야기를 쉼없이 쏟아냈다. 별자리를 만들어 보라는 것도 어쩌면 엄마가 하고 싶었던 일을 나에게 강요하는 것일지도 몰랐다. 별자리를 만드는 일에 같이해 주시면 안 되겠느냐고 조심스럽게 제안했을 때 뜻밖에도 증조할아버지는 고개를 끄덕여 주었다.

나는 하늘을 본다. 별이 가득하다. 다섯 개의 별을 정해 두고 눈으로 이어 보려는데 번번이 다른 별들이 튀어나와 막는다. 실패다. 긴 막대가 있으면 콕 찔러 풍선처럼 터뜨려 버리고 싶다. 별은 멀리 있다. 나는 뒤로 젖혀 뻣뻣해진 목을 좌우로 비틀며 몸을 돌린다. 처음부터 다시 시작해야 한다. 오직 눈으로만 어떤 별도 버리지 않고 별들 하나하나가 모두 빛나는 그런 별자리를 만드는 일은 어렵다. 어둠 속에서 증조할아버지가 내 손을 잡고 고개를 가로젓는다. 사탕 하나를 내민다. 내가 싫어하는 홍삼 사탕이다. 나는 껍질을 벗겨 입에 넣으며 오늘은 그만! 하고 외친다.

"거기 서면떡 아니라고?"

가까이서 들려오는 소리에 멈칫 서며 증조할아버지를 바라본다. 그 소리에 이어 또 다른 목소리가 들려온다.

"구랑실떡인가. 뭔 도란도란하는 소리가 들리는 것도 같고 해서 올라와 본 참이네."

두 할머니가 서로 알은체하며 우리 집 대문을 들어와 마당을 거쳐 팽나무 쪽으로 온다.

"저녁 먹고 연속극 보다가 깜박 잠이 들었는디 눈 뜨니 뉴스를 하고 있어. 텔레비를 끄고 누웠는데 잠이 천 리로 달아나 당최 잠이 와야지. 그래 바람이나 쐬자 하고 나온 참이여."

서면 할머니의 말에 구랑실 할머니가 맞장구친다.

"마찬가지여. 뭔놈의 초저녁잠이 그리 많은지 이놈의 것이 멀쩡하다가도 꼭 연속극만 하면 잠이 쳐들어와."

하고 불만을 내놓는다. 서면 할머니가

"순천떡 딸이 시아배를 모시고 왔다는데 그것도 궁금하고…"

하고 말하자 구랑실 할머니가 누가 듣기라도 하는 양 목소리를 낮춰 속삭인다.

"순천떡은 입원해 있는디 그 시아배가 어찌 여기를 와. 그 양반이 백 살이 다 됐는디 뭔 일이라도 생기면 송장은 누가 치울라고. 빨갱이짓 해서 마을을 쑥대밭으로 만들고 사람들 옴싹 다 죽게 만들어 놓고 뭔 낯짝으로 온단가."

"아이고 이놈의 여편네 큰일 날 소리를 하고 있네, 요즘 세상에 빨갱이가 다 뭐단가."

서면 할머니가 펄쩍 뛴다.

"순천떡 딸이 화가라고 안 하등가. 가끔 그림 그린다고 머물다 가. 화가 딸이 지그 딸을 데리고 온 모양이라. 그나저나 무릎이 삐끗거려 더는 못 걷겠네."

아이고 아이고 소리를 연발하며 서면 할머니가 구랑실떡도 좀 앉으라고 권한다. 두 할머니는 팽나무 올라오는 어디쯤에 주저앉는다.

"나를 봐. 저 양반이 먼저, 경찰한테, 그놈이 친구라여, 총알을 박아달라고 했다등마. 죽을지를 알았겄제. 이미 마을 사람들을 마을 앞 논으로 불러내 꿇어앉혀 놓고, 작당한 동지들인가 뭔가 하는 사람들 열세 명을 굴비 엮듯이 밧줄로 묶어서 논두렁에 나란히 세워 놨드랑마. 고만고만한, 시퍼렇게 젊은 남자들이제 이. 논바닥에 꿇어앉은 사람 중에는 아부지, 어머니, 색시도 있었다그래. 경찰놈이 친구라 안 했는가 이. 그놈 옆에 저 양반을 세워 놨는갑서.”

서면 할머니는 술술 말을 풀어낸다. 언제 끝날지 모를 이야기가 시작됐음을 감지한 나는 증조할아버지의 손을 잡아끈다. 완강히 버틴다. 일어설 뜻이 없음을 알아차린 나는 벽돌 의자를 찾아 앉는다.

“나를 쏴라, 했다등마. 일이 어떻게 돌아갈지를 알았것제. 어차피 죽을 거 누구의 고통도 지켜보지 않고 가고 싶다 그말이제. 근께 경찰 친구놈이 피식 웃드라네. 그 웃음이 어찌나 얼음장 같았는지 보는 사람들이 소름이 끼쳤다대. 열세 사람을 하나하나 불러내서 저 양반 눈을 보게 한 후 머리통에 총알을 쑤셔박았대. 한 놈, 두 놈, 세 놈… 마지막 열세 명을 해치울 때꺼정 숫자를 세면서. 경찰놈이 총알을 겨눌 때, 열세 사람이 저 양반과 눈을 마주치면서 어찌나 살려 주기를 바랐는지 핏줄이 터져 눈물 대신 핏물을 흘렸더라네. 그 사람들 머리를 박살낸 후 경찰 놈은 저 양반을 똑바로 보면서 숨을 고르고. 그놈이 억지를 부린 거지, 실상 열세 명은 저 양반과 동지도 아니었다등마.”

서면 할머니의 말을 들으며 나는 전쟁 게임을 생각한다.

한 번도 해 본 적 없지만 할머니 입에서 나온 열세 명을 불러내 총질을 했다는 말은 가상의 게임처럼 느껴진다.

"아이고 무섭네. 총살당하는 모습을 본 가족은 어찌 살거여."

구랑실 할머니가 쯧쯧 혀를 차며 더런 놈의 세상 진절머리 나는 세상을 살았다고 맞장구친다.

"지금까지 이야기는 아무것도 아니라. 경찰놈이 저 양반 아버지와 각시를 마을 사람들 앞으로 불러내 세운 거라. 근께 시아버지와 며느리 사이 아닌갑네. 아이고 내 입으로는 말 못 하겠네."

하면서도 서면 할머니는 말을 이어간다.

"두 사람을 마주 세운 거여. 얼음장 같은 얼굴에 웃음을 실실 흘리면서 맞은편에 선 사람의 따귀를 후려치도록 한 거라. 약하게 치는 사람은 죽이겠다고 엄포를 놓았다네. 시아버지가 부들부들 떨고 그 앞에 선 며느리도 마찬가지고."

"그 며느리가 순천떡 아니라고."

"며느리가 경찰놈 앞에서 무릎을 꿇고 살려달라고 애원을 하드라네. 경찰놈이 총을 추켜들고 시아버지의 머리를 겨냥했어. 놀란 며느리가 일어서 고개를 외틀어 땅을 향한 채 그 뭐냐 마치 물을 떠다 바치듯이 왼손을 받히고 바른 손으로 아버지의 턱을 툭 쳤다대. 총구에서 총알이 튀어 나갔고, 거기 있던 사람들의 탄성이 터졌다여. 찰싹, 순식간에 시아버지의 손이 뻗어나가 며느리의 보드라운 뺨을 쳤다대. 경찰놈이 총부리를 며느리에게 갖다댄께 고개를 쳐들고 못 한다고, 그냥 쏘라고 했다여. 경찰놈이 시아버지의 어깨를 총대로 내리쳐 앞으로 푹 고꾸라졌다네. 그때부터 시아버지와 며느리의, 아이고 무서버라, 차마 눈 뜨고 볼 수 없는 광경이 펼쳐진 거라. 서로를 살리기 위한 몸부림이 시작된 거지. 시아버지가 며느리를 살리기 위해 철썩하고 치는데 어찌나 세찼던지 각목 휘두르대끼 해서 며느리가 저만큼 툭 나가 떨어졌드라네. 이번에는 며느리가 시아버지를 살리기 위해 찰싹 쳤는디, 아이 하나를 낳은 스무 살 초반, 지금으로 치면 애기 아닌가 이. 그 여리디여린 손목에 힘이 들어가면 얼마나 들어가겠는가. 또 개머리판으로 시아버지를 내리친 거라. 그때부터 두 사람은 더 세차게 상대편 따귀갈기기에 혼신의 힘을 쏟았다대. 차차 손목에 실리는 힘이 뜨거워지는 것을 보면서 나중에는 그것이 상대를 살리기 위한 건지 지가 살아남기 위한 건지 지켜보는 사람들도 분간을 할 수 없었다여. 요상한 광경 앞에서 참말로 그것이 사람인지, 대명천지에 시아버지가 며느리의 뺨을 때리고, 며느리가 시아버지의 뺨을 때리는 그것이 사람으로서 할 도린가. 언제 죽을지 모르는 사람들도 수치심에 고개를 돌렸다그래. 두 사람의 뺨이 부어오르고 피가 터질 때까지 그 짓을 시키다가 그 경찰놈이 종국에는 총을 들어 시아버지를 쏘았대. 그 광경을 지켜보던 마을 사람들도 죄다 쏴 제낀 거여. 순식간에, 그 많은 사람들이 그놈 손에 죽은 거여. 근디 이, 경찰놈이 마을 사람들을 다 죽여 놓고는 무슨 꿍꿍이가 있었는지 저 양반하고 각시는 살려 놨다대."

무섭다. 엄마가 무서운 건 사람이라고 했던 말이 떠오른다. 저 할머니들은 지금 나와 증조할아버지가 여기 있는 것을 알고 있을까. 나는 증조할아버지를 바라본다. 미동도 없이 앉아 있다. 지금 자신의 이야기를 하고 있는데 어떻게 저런 표정을 할 수 있을까. 저 할머니의 말이 사실이라면 증조할아버지로 인해 얼마나 많은 사람들이 죽은 것인가. 엄마의 말이 생각난다.

"누군가 내 할아버지를 빨갱이로 지목한 뒤 우리에게 그것은 이름이 되었어. 내 할아버지는 빨갱이, 내 할머니는 빨갱이 여편네, 내 아버지는 빨갱이 새끼, 내 어머니는 빨갱이 새끼 여편네로 불리며 살았지. 이름으로 사는 삶은 짧았고 빨갱이로 사는 삶은 길었어. 아니 영원했어."

최근 엄마는 매우 분주해졌다. 엄마는 도슨트다. 루브르 박물관 전, 피카소 전, 모네 전과 같은 전시회에서 실력을 인정받았다. 엄마가 바빠진 이유는 문맹인 할머니들의 그림책 때문이다. 할머니들은 늦은 나이에 글자를 배워 그림 일기를 썼다. 그중 의미가 있다고 인정받은 것을 선정해서 그림책으로 만들었는데 그 책이 사람들에게 불행한 역사를 상기시켜 주는 계기가 되었다. 엄마는 할머니들의 그림책을 보고 전시회를 기획하게 되었다. 엄마가 준비한 그림과 함께 유네스코와 협력하여 전시를 하겠다고 했다. 나도 그림책을 보았다. 이제 막 글자를 배운 유치원생 정도의 아이가 그린 그림에 비뚤비뚤 글자를 써 놓은 것 같았다. 엄마가 전시를 기획한 것은 어느 할머니의 일기 때문이다. 자신의 엄마를 크게 그려 놓고 그 아래 '우리 엄마 제삿날 나는 고기를 먹어 좋았지. 엄마는 나를 낳고 얼마 지나지 않아 반란 때 군인들 총 맞고 죽었다지.'라는 글이 씌어 있었다. 나는 특별한 내용도 없는 그 할머니의 그림일기에 엄마가 왜 그런 열정을 바치기로 한 것인지 이유를 알 수 없었다. 엄마는 작품 구상을 위해 당분간 시골에서 지내겠다고 했다. 우리가 여기 온 이유가 그거였다.

"그분을 통해 숨겨진 역사와 그로 인해 고통받는 사람들을 생각했어. 왜 나는 잊고 있었을까. 그 사건 말이야. 나도 유가족인데…"

엄마는 아빠에게 할머니의 그림일기를 보면서 잊고 있었던 가족사와 고통을 떠올렸다. 그 그림일기가 엄마의 모습을 타자의 시선으로 보게 했다고 했다. 나로서는 알쏭달쏭한 말들이었다. 특히 빨갱이라는 말이 생소했지만 긴 설명이 이어질 것이 두려워 묻고 싶은 것을 꾹 참았다. 엄마는 그런 내 마음을 알아차린 듯 말을 꺼냈다.

"언젠가 마을 사람이 나를 보며 '야가 그 빨갱이 새끼 새
끼여?' 하고 말했어. 엄마는 그 말에 눈이 뒤집혀서 앞뒤 가
리지 않고 나를 서울로 전학시켰어. 다시는 이곳에 발도 딛
지 말라고 했어. 엄마의 뜻은 성공한 거지. 서울에 살면서
그림책 속 할머니를 만나기 전까지 할아버지 할머니로 인
해 아버지와 엄마가 겪은 고통을 까마득히 잊고 살았으니
까. 아버지는 할아버지로 인해 빨갱이 새끼로 살았어. 대물
림되는 연좌제로 1년마다 돈 봉투를 바치며 선생질을 구걸
해서 나를 키우면서 아버지는 그때마다 수치심으로 고통스
러워했어. 결국 아버지는 암으로 세상을 떠났어. 죽기에는
이른 나이였지. 엄마는 우울증을 앓다 병원으로 들어갔고.
엄마가 병원으로 들어가면서 할아버지와 할머니를 요양원
으로 모실 수밖에 없었어. 작은아버지들이 외면했으니까."

엄마는 한 달쯤 이 집에 머물며 전시회를 구상하고 그동
안 요양원에 있는 증조할아버지와 증조할머니를 모셔와 같
이 지내겠다고 했다. 나이 많은 분들을 어떻게 모실 것이냐
고, 그분들을 모시는 것은 위험한 일이라며 만류하는 아빠
에게 엄마가 말했다.

"살아 있는 것도 죽은 것도 아닌 채로 살아온 할아버지
에게 영혼이 있다면 죽기 전에 하고 싶은 것, 그리운 것은
무엇일까 생각해 봤어. 그 사건이 있기 전의, 가족들과 지
냈던 집이 떠올랐어. 꿈에서조차도 그 기억과 마주하고 싶

지 않을지라도, 부끄러움과 치욕과 수치만이 남아 있을지언정 할아버지가 돌아가고 싶은 곳은 자신이 태어난 집이 아닐까? 죽음이 다가오면 마지막 순간에 고향을 떠올리고 또 돌아가고 싶어 한다잖아. 고향을 등지고 낯선 요양원에서 생을 마감하게 하기보다는 위험을 감수하더라도 할아버지에게 그런 시간을 드리고 싶어."

엄마의 계획에 따라 나는 덤으로 끌려왔다. 나에게 도움을 요청했고 아빠가 가세했다. 아빠는 엄마 고향에 가서 외가의 아픔과 원인을 제공한 역사에 관심을 갖기를 바랐다. 나는 엄마 아빠의 계획이나 권유에 전혀 흥미를 느끼지 못했다. 대신 무슨 일을 하든 간섭하지 않겠다는 조건에 혹해서 응하고 말았다. 집에 있으면 끝도 없이 아빠의 간섭이 이어질 것이다. 마음껏 한 달을 살 수 있다니, 나는 마냥 부풀었었다.

증조할아버지가 그렇게 많은 사람들을 죽인 장본인이라니. 나는 갑자기 두려워진다. 어디선가 총알이 날아들 것만 같다. 자리를 뜨려는데 다시 서면 할머니의 말이 이어진다.

"근께 그 친구 그러니까 경찰놈이 저 양반은 지서로 끌고 가고, 각시는 집으로 돌려보냈다여. 지서에 갇힌 사람들 사이에서 말이 돌았는디, 나도 우리 영감쟁이한테 들은 얘기여. 경찰놈이 지서에 들어서기가 무섭게 저 양반을 총으로 후려쳤다여. 저 양반이 빨갱인디, 경찰놈 부하를 잡아서

사형시키는 데 참관인 노릇을 했다고, 그랬다고 내리쳐서 그냥 뻗어부렀다등마."

"저 양반이 빨갱이여?"

구랑실 할머니가 화들짝 놀라며 목소리를 낮춰 묻는다. 서면 할머니는 뭔 놈의 소리를 하느냐, 그것을 시방 몰라서 묻는 것이냐 하고 구랑실 할머니를 타박한다. 나이 들어서 깜박깜박한다는 구랑실 할머니에게 서면 할머니는 조용히 하고 자기 말을 마저 들어 보라고 일축한다.

"경찰놈의 부하는 군인, 근께 토벌군을 말하는 것이여. 어수선한 시국 아니었는갑네. 우리 마을은 산이 병풍을 둘러놓은 것맹키로 동그랗게 마을을 감싸고 있는 형상 아닌가 이. 산중턱쯤에 젊은이들이 모여서 좋은 세상 만들어 보겠다고 공부하면서 말싸움도 하고 그랬는갑서. 산이 마을을 감싸고 있은께 그 사람들이 하는 말을 웬만큼은 들을 수 있었다그래. 그 사람들이 뭔 사상을 가졌다거나 작당 모의를 꾸몄다면 그 말들이 집에 앉아서 들리겠는가, 속닥속닥 허면 못 듣제. 우리 마을에 해방 전부터 깨어 있는 한 어른이 있었드랑마. 그 어른을 따르는 젊은이들이 시나브로 모여들어 경찰이 골머리를 앓았다여. 저 양반도 일본 유학 시절 한 때, 그것을 사회주의 뭐라든가, 근께 빨갱이제 이, 그쪽에 옴싹 발을 적신 적이 있었다그래. 근디 해방 후에 아버지가 한 집안의 장자로서 집안을 끌어야 한다고 간곡히 당부를 해서 발을 딱 빼불고 당시는 세무서 직원으로 착실하게 근무했다대. 퇴근해서 집에 있으면 그 산사람들이 불러낸께 간혹 발걸음 하는 그 정도였는갑서.

그날은 퇴근해서 저 양반 아버지와 각시가 추수를 끝내고 뒷설거지를 하고 있어서 같이 거들었대. 근디 산에서 사람이 내려와 의논할 일이 있다고 잠깐만 다녀가 주라고 청했다여. 잠깐 다녀오마고 하자 아버지가 마른기침을 험시롬 '마을에서 그 어른을 추종하는 사람들이 모여 좋은 세상 만들어보자고 하는 모양이더라만…' 말을 끊고 저런 데를 뭐하러 댕기느냐고 했다네. 시방 저기 사당도 있고 헌디, 우리 마을이 그 어른 때문에 말하자면 빨갱이 공부하는 사람들이 많았다등마. 저 양반이 아버지를 안심시키고 잠시 다녀온다고 하자 '일본에서 공부하고 와서 그 사람들이 더 성화를 대겠지만 한사코 나라의 녹을 먹는 공무원이라는 것을 잊지 말아라.'하고 당부를 했다그래. 나도 영감한테 들은 소리라. 집을 나서 산자락을 향해 가는데 그 입구 대밭께에 군복 입은 두 놈이 숨어 있다여. 그놈들이 가만 있었으면 됐을 건디 저 양반을 보고 뒷산으로 줄행랑을 친거라. 근께 저 양반이 얼결에 쫓아가 잡아서는 산사람들에게 넘겼는갑서. 며칠 뒤 퇴근을 해서 집에 있는디 그짝에서 연락이 온 거라. 그때 넘긴 군인 두 명을 참수하는 데 참관인으로 나와 달라는 것이었다등마. 어차피 자기가 잡아서 넘겼은께 거절할 명분이 없었것제 이.

　군인들이 참수되고 얼마 지나지 않아 토벌대가 들어왔다등마. 근데 대장이 누군고 하니 저 양반 친구놈이었다여. 그 사람들이 제일 먼저 한 일이 군인 둘을 죽이는 데 협조한 참관인을 잡아들이는 것이었다대. 저 양반은 아버지의 뜻에 따라 처가 마을로 피신했다여. 그 사이 마을 사람들과 함께 아버지와 각시가 경찰놈 손에 끌려갔고. 처가에 있는 것도 위험한께 그곳에서 나왔는디 마을에도 들어갈 수가 없으니 산으로 숨어들었지. 결국 군인들의 수색에 걸려들었지. 근께 저 양반 죄는 나가 말한 그것이 다여. 근디 경찰놈이 얼마나 고문을 해부렀는지 거기 있는 사람들이 혀를 내둘렀다대. 설사를 줄줄 내지를 때까지 고문을 했다대. 어른들 말이 설사까지 가면 죽는다고 안 허든가. 근디 저 양반이 독허드라네. 근께 100살이 돼서도 정정하지 이. 죽더라도 네놈 그리고 네놈 위에 있는 놈, 또 그 위에 있는 놈, 그놈들의 죄상을 세상에 알리고 죽는다고 맞섰더라네.

　그 경찰놈이 밥을 줘도 바닥에 개밥처럼 던져 놓는다네. 저 양반이 말라비틀어진 밥그릇에 있는 밥알들을 개처럼 핥아서 먹었다여. 살기 위해 꾸역꾸역 밀어 넣어도 결국 설사로 다 내놓았다는디 살려고 하는 의지를 몸이 견뎌내질 못하는 거지. 그 친구놈, 경찰놈 말이여 참말로 독한 놈이여.”

　서면 할머니는 몸서리치는 듯 목소리가 떨렸다.

"고문을 저 양반만 당했간디?"

구랑실 할머니가 서면 할머니의 말을 자른다.

"각시는 어떻고. 더했제. 오래전에 정신이 안 나가부렀
는가. 그놈이 저 양반 보는 앞에서 범하려 했잖은가. 각시
가 친구놈 손목을 물어뜯어 피를 뚝뚝 흘리고 반미치광이
가 되었다그래. 두 손을 묶어 놓고 아랫도리를 끌어내려 저
양반 한번 쳐다보고, 각시 한 번 쳐다보면서 주둥아리를 놀
렸는갑대. '빨갱이 남편 출근하면 함지박에 밥 퍼서 머리
에 이고 산에 갖다 바쳤지.' 하는 생소리를 지껄이는가 하
면 '남편으로는 모자라더냐, 열세 놈 상대하니까 어떻더냐,
자, 나는 어떠냐.'하면서 지놈 허리띠를 풀고는⋯ 총부리로
각시 거기를 짓이겨 버린 거여⋯ 아이고, 나가 지금 뭔 소
리를 지껄인단가. 그것이 사람이 할 짓인가. 저 양반 심정
이 어땠을 거여. 근디 이, 저 양반이 친구놈한테 무릎을 꿇
었다네. 각시가 지켜보는 앞에서, 살려달라고."

"저 양반 각시가, 목을 감싸는 차이나카라 안 있는가, 이.
그렇께 경찰복 비슷한 옷만 보면 미친다네, 오줌을 벌벌 싸
고. 이 마을에서는 장미를 못 심었다네. 와드득와드득 집어
뜯어서. 뻘건색만 보면 그때 고문당한 일이 떠오른 거제."

할머니들의 말은 끝이 없다. 사투리를 사용하는 탓에 잘
알아듣지 못하고 이해하기 힘든 부분도 있었지만 전체적
으로 무엇을 말하는지 아는 탓에 듣는 내내 무서웠다. 열이

오르는 것 같기도 하고, 몸이 얼어붙는 것 같기도 하다. 엄마가 보고 싶다. 당장 전화를 걸어 나를 구조해 달라는 요청이라도 하고 싶다.

증조할아버지 손을 잡는다. 증조할아버지는 손을 맡긴 채 가만히 있다. 나는 이상한 기분에 휩싸인다. 학교에서 역사를 배워 오면서 느낀 것은 역사 속에서 고통받는 사람들도 그렇고 역사를 지킨 사람들도 대부분 약자들이라는 사실이다. 고려시대 몽고 침입 때 30년 동안 고통받으면서도 나라를 지킨 것은 민중이었다. 그 고통을 증조할아버지와 증조할머니에게서 보게 될 줄은 몰랐다. 나는 엄마가 말을 잃은 증조할아버지와 미친 사람으로 취급당해 병원으로 들어간 증조할머니, 연좌제로 고통받다 일찍 돌아가신 할아버지, 또 증조할아버지와 증조할머니를 모시면서 생긴 트라우마로 요양원에 계시는 할머니… 이 모든 사람들에 대해 이야기할 때 귀담아 듣지 않았다. 엄마가 유족 3세대로서 사건의 진실을 밝히고 증조할아버지와 같이 상처 입은 사람들을 위해 전시를 한다고 할 때 개인의 일이 어떻게 역사가 될 수 있는지 무엇보다 증조할아버지와 증조할머니의 상처가 가늠이 되지 않았다. 두 할머니의 말을 듣고 이 집을 침범한 그들이 한없이 무례하다 싶어 원망스러우면서도 증조할아버지와 증조할머니의 아픔을 이해할 수 있는 기회를 준 거 같아 고맙기도 했다. 할머니들이 떠나고 나와 증조할아버지는 한참을 더 앉아 있었다.

"마을과 우리 집, 한두 컷만 찍기로 한 거잖아요."

엄마의 카랑카랑한 소리가 들려온다. 증조할아버지는 오늘도 변함없이 의자에 앉아 있다. 나도 그 곁에 앉는다. 피디는 엄마에게

"지난번 서울에서 작가님 뵙고 편집 회의를 한 결과 좀 더 많은 장면이 필요하다는 의견들이 있었어요. 스태프들이 내용을 충분히 숙지하고 있어 세심하게 촬영할 것이니 염려하지 않으셔도 됩니다."

하고 말한다. 엄마는

"서울에서 대부분의 촬영을 마쳐 한두 컷만 찍으면 된다는데 동원된 카메라와 스텝들은 마당을 채울 정도예요. 노인들이 잔뜩 긴장해 있고 마을 어른들 시선도 곱지 않아요. 그들에게 이 집은 지금도 빨갱이 집이에요."

하고 쏘아붙인다.

"네, 작가님 말씀대로 마을과 집 한두 컷만 찍을 거고요. 마친 뒤 작가님 작업하는 모습 좀 찍을게요. 자자, 시작합시다."

피디의 말이 끝나자 카메라가 부지런히 돌아간다. 그때 느닷없이 증조할머니 방문이 열린다. 은갈치 비늘 같은 커트 머리를 하고 얼굴 여기저기 검버섯 꽃이 핀 증조할머니

가 쪼그라들어 더 이상 낮출 것도 없는 상체를 구부려 빼꼼히 밖을 내다본다. 간밤 엄마가 빼내어 씻어둔 틀니를 아직 끼우지 않아 입이 합죽하다. 증조할머니가 밖으로 나와 장미넝쿨 우거진 대문 쪽을 향해 간다. 맨발로 느리게 걷는 모습이 집을 지고 가는 달팽이처럼 보인다. 증조할머니는 장미넝쿨 앞에서 걸음을 멈춘다. 장미꽃 송이를 후두둑 뜯는다.

카메라가 증조할머니를 향한다. 단추 달린 검정 셔츠를 입은 카메라맨이 카메라를 증조할머니 가까이 갖다댄다. 증조할머니의 손은 가시에 찔려 투명한 핏방울이 맺혀 있다. 그때다. 증조할머니가 털썩 주저앉으며 장미꽃물 짓이겨진 두 손을 모아 살려달라는 시늉을 한다. 바지 사이로 오줌이 흘러내린다. 증조할머니는 바지를 훌렁 벗어 던지고 다리를 벌리며 말한다.

"밥 퍼서 머리에 이고 산에 갖다 바쳤지."

컷이라고 외쳤나? 쭈글쭈글한 다리를 벌린 채 장미가시에 찔린 손을 내미는 증조할머니는 두려움이 가시고 천진한 아이 같은 해맑은 웃음을 띠고 있다. 누구도 증조할머니의 행동을 저지하려 들지 않는다. 그들의 눈은 허공을 향해 있다. 허공에서도 마주쳐서는 안 될 것처럼 서로 피한다. 그것은 차마 볼 수 없는 것을 봐 버렸을 때 지을 수 있는 표정이다.

엄마가 달려와 자신의 셔츠를 벗어 증조할머니 어깨에

두른다. 남방셔츠 속으로 증조할머니가 풍덩 잠긴다.

난감한 표정을 하고 있던 피디가 엄마에게 작가님의 인터뷰를 먼저 딸까요 하고 묻는다. 엄마는 방금 있었던 일을 그대로 내보내도 상관없다고 말한다. 피디가 웃는다. 피디의 눈이 검은색 보자기를 들고 있는 증조할아버지를 향한다. 잠시 후 엄마가 우리 쪽으로 온다. 카메라맨들이 오고 스텝들이 몰려온다. 피디가

"작가님 시작하시죠."

하고 말한다.

"우리들 모두의 가슴에는 언제든지 익사할 수 있는 음험한 물웅덩이가 깊게 패어 있어요. 이제 그 물웅덩이에서 헤엄쳐 나오고 싶어요. 사람은 태어나 부모님이 지어 준 그 이름으로 평생을 살아요. 자식의 삶을 빛낼 수 있는, 무엇보다 무탈을 염원하는, 그들이 할 수 있는 모든 것을 동원해서 이름을 짓죠. 할아버지에게 이름을 돌려드리고 싶어요. 그건 한 사람 한 사람의 고통을 헤아리겠다는 거예요. 시대, 민족, 집단의 고통에 초점을 맞추면 피해자 한 사람 한 사람의 고통은 사라지고 말아요."

피디가 컷을 외친다. 엄마에게 다가와 손을 잡으며 흡족한 표정으로 수고했다고 말한다.

"작가님, 평생 간직하셨다는 할아버님의 편지를 공개하는 겁니다. 직접 쓰신 내용들을 전체적으로 카메라에 담겠

습니다. 자연스럽게 작가님이 보자기를 풀고 편지를 꺼내고⋯, 자, 카메라 갑니다."

엄마는 증조할아버지에게 다가가 조심스럽게 보자기를 푼다. 투명하고 길쭉한 화병에 편지 한 장이 들어 있다.

"컷! 평생 쓰셨다던데 한 장인가요. 따로 보관되어 있을 수도 있으니 펼쳐 보시죠, 자 카메라 갑니다."

옛날 편지지다. 비뚤비뚤 힘없는 글자들. 거기 세 줄의 편지 내용이 카메라에 잡힌다. 컷! 하고 피디가 외친다.

나는 오늘도 등에 제집을 지고 몸을 주욱 늘어뜨린 채 긴 뿔을 세워 마음껏 세상을 휘둘러보던 달팽이를 눈으로 좇으며 팽나무로 향한다.

곧 해가 지고 별이 뜰 것이다. 증조할아버지의 의자는 비어 있다. 나는 벽돌 위에 앉는다. 별이 가장 잘 보이는 자리다. 팽나무 뿌리가 땅 위로 솟아 뻗어 내려간 쪽에서 도랑물 흐르는 소리가 경쾌하다. 나는 무성한 풀들을 헤치고 그쪽으로 내려간다. 홈이 패인 여러 물줄기가 아래로 흐르다 한곳에서 합쳐지고 거기서 홈이 패여 또 다른 물줄기가 생겨 아래로 흐른다. 그런데 이상하다. 하나의 물줄기는 물이 흘러가는 방향이 다르다. 역으로 흐른다. 나는 유심히 들여다본다. 유난히 맑고 투명하다. 그 물줄기는 정지된 듯 보이지만 분명 잔잔히 흐르고 있다. 나는 홈을 파서 같은 방향으로 흐르는 여러 물줄기 대열에 합류시켜 주려다 그만둔다. 그 물줄기가 역으로 흐르는 뜻이 있을 것이다. 내가 다른 물줄기와 같이 흘러갈 수 있도록 방향을 잡아 주면 달팽이에게 그랬듯 상처가 될 수도 있을 것이다.

해가 지면서 하나둘 별들이 나타난다. 성급한 별들은 밤까지 기다리지 못하고 미리 나와 있다. 노을이 사라지고 별들이 쏟아져 나온다. 나는 자리에서 일어서 허리에 두 손을 받히고 하늘을 빙 둘러본다. 은하수다. 어둠이 가득한 이곳으로 은하수가 흘러들었다. 출렁거리는 은하수 속으로 증조할아버지가 안고 있던 병을 띄워 보낸다.

젊은 군인 둘 참수를 시켜 미안합니다. 친구 나를 고문하고 무수한 사람을 죽이고 사죄 없이 떠나간 그 세상은 어떤가. 나도 곧 갈 것이네.

병은 무사히 그들에게 당도할 것이다. 나는 마침내 그간 엄마가 내준 과제를 완성한다. 처음 보았던 미끌미끌한 긴 몸과 그 위에 올라앉은 집, 주욱 뻗은 크고 작은 두 개의 뿔을 가진 달팽이. 점 같은 별들을 이어 안테나를 세우고, 그 끝 샛별을 연결하여 달팽이 눈을 만든다. 이제 달팽이는 내 손길이 닿지 않은 별들의 대열 속에서 적을 만날 것에 대한 두려움 없이 긴 뿔을 세워 마음껏 세상을 내려다보고 있다. 나는 그 집에 이춘기라는 증조할아버지의 이름이 적힌 명패를 달아 준다.

증언과 증상을 넘어

김영삼_ 문학평론가

1. 다시, 진화

지금으로부터 4년 전 겨울, 나는 다섯 해째 1948년 발생한 '여수·순천 10·19사건' 생존자들의 구술을 채록하고 연구하는 어느 소설가의 작품들을 읽게 되었다. 거기에는 기억과 망각 사이에서 건져 올린 언어들이 가득했다. 소설적 구성을 최대한 배제한 것으로 보이는 문장들에는 두려움과 망설임과 피 묻은 진실들이 혼재되어 있었다. 언어를 초과하는 역사의 정동과 사회과학으로 환원되지 않는 문학의 처소가 거기에 있었다. 하여 나는 해당 작품집 『공마당』 (문학들, 2021)의 〈해설〉을 다음과 같은 문장으로 마무리했었다. "작가는 증언에 편집과 플롯을 생략하고 날것의 언어를 그대로 담아냄으로써, 말과 목소리에 각인된 생존의 처절함을 재현하는 데 성공하고 있다. 정미경의 소설들에 쓰인 그녀들의 진한 전라도 사투리에는 의례화되고 기념비화되는 역사적 의미를 초과하는 정동이 스며 있다. 그러니 이 작품집의 증언들을 읽을 때에는 반드시 소리 내며 강독할 것을 권한다."

다시 만나게 된 작가의 새로운 소설들은 가혹한 진실에 얽힌 피 묻은 문장 위에 픽션적 장치들을 덧입힘으로써 한 걸음 더 진화한 듯하다. 특히 눈에 띄는 것은 정미경의 소설에 등장하는 '아픈 여자들'의 신경증적 증상들이다. 이는 증상이자 동시에 징후로 보인다. 뒤에서 자세히 서술하겠지만 증상은 역사적 사건이 개인의 신체와 정신에 남긴 고통의 결과를 지시하고, 징후는 증상을 치유하려는 인물들이 도달하게 될 이해와 공감의 영토를 지시하고 있었다. 특히 빈번하게 가출을 감행하면서 사라지는 엄마들과 그로 인해 가족의 돌봄을 떠맡아야 하는 어린 딸들의 이야기는, 과거의 사건이 현재까지 잔존하며 영향을 미치는 방식이면서 정미경 소설의 새로운 마스터 플롯으로 기능하고 있다.

'아픈 여자들'이 겪는 증상의 기원에는 여전히 여순사건이 존재한다. 여성이자 소수자인 당사자가 과거의 기억에 얽힌 트라우마를 직접 노출하는 방식의 글쓰기는 그녀들이 더 이상 정상성 규범에 포획되지 않겠다는 의지의 표현이다. 그녀들의 자기 서사적 글쓰기는 대문자적 존재자들의 문법을 파훼하고, 그녀들을 폄훼하는 기존의 권위를 가로지르며 헤집는다. 사회의 외부로 배치된 그녀들의 자기 서사적 글쓰기는 패싱(이제 그만하자!)되거나 라벨링(빨갱이)되기 쉽지만, 비체로 분류되면서 외부화된다는 그 이유만으로 '아픈 여성들'의 생애-쓰기(life-writing)는 여전히 역사적 징후로서의 가치가 있다. 여전히 아프고, 증상에 시달리고, 미치고, 소외되고, 외부화되는 경계에 선 그녀들의 이야기는 ['자기이론(autotheory)'을 주창하는 로런 포니에의 말을 빌리자면] 너무나 개인적이어서 정치적인 것이 된다.

2. 성좌

생각해 보면 시간은 균질적이지도 평평하지도 않은 것 같다. 어떤 시간은 깊은 골짜기처럼 패여 그 안에 언어를 초과하는 정동들이 담겨 있기도 하며, 또 특정 사건을 중심으로 만들어진 시간의 그래프는 다른 시간대에서 유사하게 반복되기도 한다. 「역사철학테제」에서 언급한 벤야민의 진단처럼 이데올로기가 상상한 진보적 시간관은 이 점을 간과하였기 때문에 폭력을 낳았고, 그 폭력이 낳은 폐허 위에서 눈과 날개의 방향이 엇갈린 천사의 날갯짓을 이미 보지 않았던가. 지난 세기 진보적 시간관의 환상이 반복되는 폭력을 낳았다는 말이다. 정미경의 소설 「달팽이의 뿔」은 과거를 현재로 살아내는 인물(증조할아버지와 증조할머니)의 소명을 통해 평평하고 균질한 시간관을 역행하면서 새로운 성좌를 그려 볼 것을 요청하는 듯해서 하는 말이다. 가령 다음과 같은 문장들을 보자.

> 엄마는 별자리를 만들다 보면 점처럼 흩뿌려져 있는 듯이 보이는 각각의 별들이 특별하게 보일 거라고 하였다. 우리 손이 미치지 못하는 먼 하늘에 있는 별들을 그 자리에 그대로 두고 오직 눈으로 연결해서 짓는 것이 별자리라고, 어떤 별에게도 폭력을 가하거나 희생을 강요하지 않고 별들 하나하나를 존중하면서 완성해야 한다고 강조했다. ─「달팽이의 뿔」 178~179쪽.

우리가 보는 하늘의 별들은 2차원의 평면으로 보이지만 사실 우주는 3차원의 입체 공간이다. 따라서 각각의 별들은 엄청난 시간의 차이와 공간의 겹들을 내재한 빛들의 단자들이다. 이로부터 인용문에서 두 가지 사실을 도출할 수 있다. 하나는 별자리를 만들어 성좌를 구성하는 일은 다른 시공간의 역사적 사실을 현재의 시점에서 재구성하면서 새로운 의미를 부여하는 일이라는 것이고, 다른 하나는 이때 성좌를 구성하는 별들은 전체로 환원될 수 없고 모두 가늠할 수 없을 만큼의 시공간성(역사성)을 지닌 개체라는 것이다. 따라서 성좌 그리기는 인식의 폭력성을 내재하고 있을 수 있으며, 그래서 더더욱 그것은 조심스럽게 수행되어야 할 일이라는 것이다.

「고요한 일」은 폭력과 희생 또는 배제와 누락의 사태를 피하려는 작업의 난관을 서사화한다. 여순사건 증언자들의 증언을 채록하는 연구자 '희윤'과 '미윤'이 마주하는 첫 번째 벽은 증언 거부다.

> 나 같은 사람이 겪은 일은 보통 사람들, 그런께 정상
> 적인 놈들은 안 믿어. 예를 갖춰 말을 해도 진중허게 허
> 면 헐수록 더 미친놈 취급해. 그렇다고 그 사람들 탓할
> 것도 못 돼. 지그들은 겪어 보지 못했은께. 상상이나 허
> 겄어? 그 사람들한테는 그 일이 저그 바깥세상 일이라.
> 지금에 와서는 나도 잘 모르겄어. 원체 터무니없고 혼란
> 스러운 사건인께, 그것이. 흰소리 그만허고. 다 잊어부
> 렀어. 그래야 살았고. 통 속 시끄러운께 끊으시오. ―「고
> 요한 일」 13쪽.

그곳의 사투리가 핍진하게 표현된 '서 노인'의 진술은 사

건의 피해자이자 생존자가 겪은 일들이 여전히 진실의 영역 바깥으로 배제될 가능성을 시사하고 있다. 이들에게 세계의 지도는 여전히 과거에 머물러 있고 권력의 지형도도 변하지 않았다. 무엇보다 현재의 시공간 평면에 그들의 빛이 제 모습대로 담기지 않을 것이라는 우려가 있다. 이러한 난관을 극복한다 할지라도 소설은 더 무거운 질문으로 그다음의 난관을 보여준다. 그러니까 이런 질문들. 과연 연구자는 객관적일 수 있는가? 연구자는 객관적 태도로 진실에 접근한다고 자신할 수 있는가? 혹여 사건에 자신들의 가족이 연루되어 있다면, 과연 진실이 배제되거나 왜곡되지 않을 것이라고 장담할 수 있는가?

소설은 '서 노인'과 '채 노인'의 증언 과정에 등장하는 배신의 인물이 연구자인 희윤과 미윤의 아버지라는 사실을 배치함으로써 앞선 질문들과 정면으로 마주한다. 「고요한 일」은 진실에 도달하는 과정에서 맞닥뜨리게 될 수도 있는 장벽들을 제시한다. 이는 증언을 토대로 픽션을 구성하는 작가 자신의 작업이 과연 객관성과 진실성에 얼마나 또 어떻게 도달하고 있는지에 대한 자문이자 성찰로 읽힌다.

여기에 정미경이 증언자들의 증언에 소설의 외피를 입히는 작업을 끊임없이 수행하는 이유가 있다. 인용문의 별자리 만들기 작업을 정미경의 글쓰기 작업으로 번역하면 다음과 같을 것이다. 현재의 시공간 평면에 도달한 과거의 빛들(증언들) 하나하나에 제값을 할당하기 위해서 증언자 한 명 한 명이 지닌 시공간성의 깊이를 소홀히 하지 않으면서 동시에 그것의 현재적 의미를 끊임없이 갱신하는 작업이라는 것. 오랜 시간 수행해 온 작가 정미경의 작업 앞에서 소설적 구성력과 대중성 따위를 질문하지 않는 이유이기도 하다.

다음의 문장은 마을의 두 할머니(서면댁과 구랑실댁)로부터 엿듣게 된 과거의 별들이 소설의 어린 화자에게 도달해 어떤 성좌로 구성되었는지를 명확히 보여주는 장면이다.

> 증조할아버지 손을 잡는다. 증조할아버지는 손을 맡긴 채 가만히 있다. 나는 이상한 기분에 휩싸인다. 학교에서 역사를 배워 오면서 느낀 것은 역사 속에서 고통받는 사람들도 그렇고 역사를 지킨 사람들도 대부분 약자들이라는 사실이다. 고려시대 몽고 침입 때 30년 동안 고통받으면서도 나라를 지킨 것은 민중이었다. 그 고통을 증조할아버지와 증조할머니에게서 보게 될 줄은 몰랐다. 나는 엄마가 말을 잃은 증조할아버지와 미친 사람으로 취급당해 병원으로 들어간 증조할머니, 연좌제로 고통받다 일찍 돌아가신 할아버지, 또 증조할아버지와 증조할머니를 모시면서 생긴 트라우마로 요양원에 계시는 할머니… 이 모든 사람들에 대해 이야기할 때 귀담아

듣지 않았다. 엄마가 유족 3세대로서 사건의 진실을 밝히고 증조할아버지와 같이 상처 입은 사람들을 위해 전시를 한다고 할 때 개인의 일이 어떻게 역사가 될 수 있는지 무엇보다 증조할아버지와 증조할머니의 상처가 가늠이 되지 않았다. 두 할머니의 말을 듣고 이 집을 침범한 그들이 한없이 무례하다 싶어 원망스러우면서도 증조할아버지와 증조할머니의 아픔을 이해할 수 있는 기회를 준 거 같아 고맙기도 했다. 할머니들이 떠나고 나와 증조할아버지는 한참을 더 앉아 있었다. — 「달팽이의 뿔」, 195~196쪽.

소설은 여순사건 당시 고문을 받고, 친구였던 경찰에 의해 불순분자를 색출하는 '손가락질'의 당사자가 된 증조할아버지 '이춘기 씨'를 조명한다. 그의 시간은 과거에 멈추어 있다. "상처 자국으로 덮여 있"(177쪽)는 그의 정신과 신체는 "딱딱한 집 안에 갇혀 있는 달팽이"(177쪽)처럼 웅크리고 있다. 백년이 넘은 육체의 껍데기를 쓰고 침묵으로 모욕(빨갱이)을 버티는 목적은 분명하다. 언젠가 도달할 빛의 진실을 위해서다("죽더라도 네놈 그리고 네놈 위에 있는 놈, 또 그 위에 있는 놈, 그놈들의 죄상을 세상에 알리고 죽는다고 맞섰더라네.", 193쪽). 증조할머니 또한 죽음을 목전에 둔 육체를 눕힌 채 이 시간을 견뎌내고 있다. 소설은 문맹인 할머니들의 '그림일기'(언어화될 수 없고 언어로 표현될 수 없어서 언어로는 증언이 불가능한 증언이 담긴 기록)를 전시하는 손녀(큐레이터이자 화자의 엄마)의 작업과 증조할아버지의 삶을 역사적 성좌로 그려내는 증손녀(화자)를 보여줌으로써, 그들의 오랜 침묵이 이제야 정확한 지점에 도달했음을 보여주고 있다.

그런데 이러한 서사는 왠지 익숙하다(물론 이 익숙함 또한 정미경의 업적이라는 점을 부연해야겠다). 예술의 모더니티가 끊임없는 자기갱신이라는 점을 상기하면, 이번 소설집을 읽어야 할 이유가 여기에서 발견된다. 작가의 작업이『공마당』과 차별화되면서 한 걸음 나아간 지점, 정미경의 새로운 마스터 플롯이 출발하는 장소를 발견하기 위해 우리는 좀 더 눈을 뜨고 작가의 작업을 응시해야 한다. 그러다 보면 역사의 깊은 골짜기에 웅크린 채 웅성거리는 아픈 여자들의 신경증적 증상들이 보일지도 모를 일이다.

3. 증상들

「나무에 대한 예의」(이후 본문에 「나무」)와 「구멍」에는 아픈 여자들이 겪는 증상들을 중심으로 전개된다. 먼저 「나무」에서 화자의 노모는 우울증, 치매, 섬망 증세, 섭식장애, 잦은 가출, 대인기피 등의 증상에 포획되어 있다. 소설은 이 중 섭식장애에 집중하는데, 해당 증상은 육체와 정신 간의 불화로 표현된다("도대체가 배는 고픈데 먹을 수가 없다", 87쪽). 원인은 자기혐오로 보인다. "살아 보겠다고 먹는 것도 가증스럽"(88쪽)다는 노모의 직접진술이 그 증거다. 여기에 음식을 거부하며 내뱉는 알 수 없는 말을 더하면("흐컨 구멍이 어른거린다.", 89쪽), 노모의 섭식장애에는 예의 '흐컨 구멍'과 연관된 어떤 사건이 트라우마로 작동하고 있을 가능성이 농후해진다. 따라서 이때의 섭식장애에는 식사량을 고의로 제한하여 체중을 감량하려는 '신경성 식욕부진증(Anorexia Nervosa)'과 같은 현대적 질병으로는 분류될 수 없는 깊은 사연이 있다. 소설의 플롯은 과거(노모의 이야기)와 현재(화자의 이야기)를 왕래하면서 해당 트라우마의 심급을 응시하는 과정으로 구축되어 있다. 미리 말해 두건대, 이 소설집의 대부분의 이야기들은 이 응시의 과정을 관통하면서 원망에서 공감으로 이행하고 있고, 이것이 이전 작품집 『공마당』과 차별화되는 지점이기도 하다.

「나무」의 화자(딸)는 노모의 섭식 거부 원인을 "어느 한 시절의 한 때, 혹은 그 너머의 어떤 것에 사로잡혀 있는 것"(89쪽)으로 진단한다. 소설은 섬망 증세를 보이며 과거를 복기하는 (아마도 강박적으로 반복되었을 것이 분명한)

노모의 직접진술을 내부 액자의 형식으로 삽입하면서 화자의 진단을 보충하고 있다. 오랜 시간을 거슬러 가야 하는 그 굴곡진 사연에는 국가 폭력에 의한 가족들(주로 남성들)의 죽음, 생계가 막막해진 남은 가족들(주로 여성들)의 해체, 자식을 버리고 떠난 엄마, 구멍 뚫린 부모의 부재 상태에 노출된 어린 딸(화자의 노모)의 힘겨운 눈물과 그리움들이 가득하다.

> 그해 사십팔 년, 그 시국 때 나는 열 살, 니그 외삼촌은 아홉 살이었다. 할아버지, 아버지, 두 작은아버지 해서 네 사람을 옴싹 잃어버렸지. 니그 외삼촌 빼고 남자가, 근께 씨가 말라 버린 셈이지. 결혼을 며칠 앞둔 막내 작은아버지가 군인이 쏜 총에 맞아 마당에서 숨을 거뒀고, 산에 숨어 있던 아버지를 찾으러 갔던 작은아버지도 총살을 당했어. 아버지가 있는 곳을 대라며 지서에 불려가 고문당하던 할아버지도 집으로 오던 길에 총 맞아 돌아가셨고… 세 사람을 죽음으로 몰았던 아버지까지 총살당해 버리고 집에는 할머니와 어머니, 우리 남매만 남았지.
> (중략)
> 할머니가 제일 먼저 한 일은 나를 먼 친척 집 아기업개로 맡긴 거였어. '암말 말고 여기 있거라. 밥 굶지 말

고, 살아 있어야 한다.'는 말을 남기고 할머니는 그 길로 행상을 떠났어. 할머니를 기다리는 동안 어머니와 동생을 그리워하며 악착같이 살았어. 아기업개는 아기만 돌보는 것이 아니었어. 새벽부터 물 긷고, 밥하고, 빨래하고… – 「나무에 대한 예의」, 107~109쪽.

소설의 신경증적 증상들은 모두 "그해 사십팔 년", 즉 1948년에 발생한 여순사건을 시작점으로 가리킨다. 국가폭력이 자행한 무차별적 학살이 남겨진 이들의 삶을 어떤 지옥으로 만들었는지를 정미경은 이전에도 주목한 바 있다 (아마 한국소설 장 전체의 목록을 살펴보더라도 살아남은 자들의 증언을 토대로 여순사건을 집중적으로 조명한 작품집은 거의 유일할 것이다). 인용문의 진술도 이와 다르지 않아서 '나'(어린 시절의 노모) 또한 집안 남성들의 무고한 죽음과 가족의 해체 이후 힘겨운 삶의 쟁투를 겪어야만 했다. 할머니는 "어떻게든 종손을 살려라. 버리지 말고 살려라, 너도 살아야 한다."(108쪽)라고 이르면서 어머니와 동생을 떠나보냈고, 친척 집에 '아기업개'로 맡겨진 '나'는 악착같은 노동과 지독한 그리움을 참아내야만 했다. 죽은 자와 살아남은 자가 죽음과 삶의 갈림길을 사이에 두고 길고 긴 침묵 속에서 참혹한 시간을 달려야만 했다는 것을 작가는 오랜 시간의 연구를 통해 증명하고 증언했다. 이것만으로도 이번 소설집은 그 가치가 충분하다 할 것이다.

그러나 이러한 고통들만으로 「나무」와 「구멍」에서 아픈 여자들이 겪는 신경증적 증상들의 원인을 모두 설명하는 것은 불가능하다. 그리고 여기까지라면 이번 소설집과 『공마당』의 차이를 발견하는 것도 힘들 터, 작가는 살아남은 자들의 증언에 새로운 이야기를 덧댐으로써 사건이 남긴 고통의 현재성을 한층 더 예각화하면서 진화했다. 이 새로운 서사의 핵심에 아픈 여자들의 가출이 자리 잡고 있다.

살아남은 자들을 할퀸 역사의 트라우마는 해소되지 않은 채 공적 역사의 바깥에 놓인 여성들의 신경증적 증상으로 회귀하는 법인지, 남편을 잃고 가족과 헤어진 어머니는 시모의 바람과 달리 자신의 어린 아들을 고아원에 버리고 만다(「나무」는 이 행위의 원인을 설명하고 있지 않다. 다만 국민을 보호해야 할 국가의 반동적 역행을 보살핌의 의무를 방기하는 어머니의 가출로 재현함으로써 해당 행위의 가혹함을 강조하는 전략일 것이라고 유추할 뿐이다). 그리고 이 사연의 끝에는 고아원을 나와 (자기를 버린 엄마를 만날 수 있을까 하여) 여수역 근처를 배회하다 쥐약이 묻은 빵을 먹고 죽어간 어린 동생의 이야기가 놓여 있다.

바로 여기다. "찔레꽃 무더기에서 빵을 주워 먹은 모양이라, 쥐 잡을라고 쥐약 묻혀 놓은 것을 먹었던 거여."(111쪽)라는 외숙모의 전언이 그대로 누나(노모)의 심장에 새겨진 시공간, 70년 넘는 세월 동안 노모를 붙잡아 두는 트라우마의 심급이 똬리를 튼 자리, 어머니에 대한 그리움이 지독한 원망으로 변화한 순간, 그리고 정미경의 새로운 소설집 속 서사들의 마스터 플롯이 생성된 장소가 바로 여기다. 떠남과 버려짐이 겹쳐지는 이 자리가 모든 고통의 심급이며 정미경 소설이 진화하는 지점이다.

'흐컨 구멍'의 이미지가 발현한 장소도 여기일 것이다. 어머니가 좋아했던 '하얀' 찔레꽃 무더기(흐컨)를 보며 속도 없이 달려들었을 어린 동생의 그리움은 "기찻굴 입구"(112쪽) 어딘가에 작은 '독'(구멍)으로 묻힌 채 언제까지라도 배회할 것이다('이 흰색의 이미지는 「흰꽃」에서 배꽃과 벚꽃 등 하얀 꽃이 가득한 '참샘'이라는 장소와 애도를 의미하는 삼베 소복으로 반복·변주되면서 구멍 주위를 배회한다). 그리고 쥐약이 묻은 줄도 모르고 꽃무더기에 떨어진 빵을 주워 먹었을 어린 동생의 배고픔은, 현재 노모의 섭식장애의 원인으로 작동하면서 동생을 보살피지 못했음에도 음식을 탐하는 생의 욕망에 대한 자기혐오로 번식했을 것이다. 자식들을 버리고 떠나버린 어머니(가 남긴 빈 구멍)에 대한 지독한 원망과 함께 말이다.

"내 이년을 만나기만 해 봐라, 오독오독 뜯어 죽일란다."(112쪽)

"오독오독 뜯어 죽일 년."(113쪽)

4. 반복과 대물림

노모의 증상들은 어머니의 가출과 동생의 죽음이 놓인 시공간을 집중적으로 가리킨다. 증상은 이곳으로 회귀하면서 고착된다. 안타까운 것은 원망과 자책과 자기혐오가 뒤엉킨 이 애도의 늪에서 소설의 인물들(노모와 화자)이 빠져나올 가능성이 희박해 보인다는 점이다. 첫 번째 이유는 구멍 이미지(총구, 죽음, 가출, 빈집, 먹는 입 등)의 시작점에 해당하는 국가 폭력에 대한 진실이 완전하게 규명되지 않았기 때문이다. 따라서 당연히 애도의 완료도 불가능하다. 두 번째 이유는 해당 증상이 전염되기 때문이다. 메워지지 않은 구멍은 대를 이어 반복된다. 그러니까 즉 70여 년 전 자행된 어머니의 가출은 젊은 시절 노모의 가출로 반복되고, 당시 어린 딸이었던 노모의 원망과 증오는 자신을 잦은 가출을 감행하는 젊은 시절의 노모에 대한 화자의 원망과 증오로 반복되고, 보살핌의 주체가 되어야 했던 어린 딸들이 자기보다 어린 동생의 죽음에 무기력했다는 자책 또한 반복된다.

작가의 작업은 이러한 방식으로 한 세대가 겪은 우연한 불행이 아니라 다음 세대에까지도 전염되는 불행으로 여순사건을 현재화하고 있다. 사건이 중첩되는 소설의 구조가 그 증거가 될 텐데, 대물림되며 반복되는 증상들과 설명하

기 복잡한 가계도는 과거의 사건을 현재의 사건으로 소환
하면서 사건의 종결을 거부하는 작가의 전략일 것이다. 때
문에 〈해설〉은 유사한 궤도를 형성하면서 반복되는 이 여성
들의 사연에 집중할 수밖에 없다. 하여 지금부터는 노모가
겪은 1948년 즈음의 이야기가 아니라, 그 이후 노모의 딸
이자 그 역시 아픈 여자들에 해당하는 화자의 이야기다.

엄마가 사라진 뒤 네 살인 영훈은 오롯이 내 차지가
되었다. 그녀가 집을 나간 것이 그때가 처음은 아니었
다. 동생들이 태어나기 전에도 어린 나를 두고 자주 집
을 비웠었다. 일주일 후쯤 돌아오기도 하고, 한 달을 넘
길 때도 있었다. 때론 한 계절이 흐르기도 했다. ……엄
마는 혼자 뒤집지도 못하고 24시간 같은 자세로 누워 있
어야 하는 영훈이를 두고 또 집을 나갔다. 엄마가 머물지
않은 집은 어떤 안식처로서의 장소가 아닌, 다만 둥둥 떠
있는 공간이었다. 아이에게 원초적 장소로서 양육의 근
원지이자 안정적인 안식처와 같은 부모가 애초 부재하
는 공간이었다. ─「나무에 대한 예의」 101~102쪽.

나는 그곳 강변 뒤 야트막한 산에 영훈이를 묻었다.
…… 그날 영훈이를 묻고 눈물을 보이지 않기 위해 올려
다본 하늘에는 노파의 눈썹 같은 그믐달이 희끗 빛을 내

며 걸려 있었다. 어디선가 찔레 향기가 바람에 실려와
훅 코끝을 스쳤다. 그 알싸한 향을 따라 가자 찔레꽃이
군락을 이루어 하얗게 피어 있었다. …… 거기, 네 살 생
을 마감한 영훈이를 묻고 온 날, 나는 어떤 일이 있어도
잊지 않을 것이라고, 무엇보다 영훈이를 지키지 못한 엄
마를 용서하지 않을 것이라고, 입술을 깨물었다. – 「나
무에 대한 예의」 103~104쪽.

입술을 깨물어 할 정도의 지독한 원망은 엄마의 잦은 가
출로 인한 보살핌의 부재와 그로 인한 어린 동생의 죽음 때
문이다. 소설은 과거 노모의 이야기를 현재 화자의 이야기
로 그대로 재연하고 있다. 쓸쓸한 빈집이 주는 구멍 이미
지와 동생들이 죽은 자리에 피어 있는 찔레꽃의 하얀 소복
의 이미지도 반복되고, 노모가 겪는 섭식장애도 '이빨'로 표
상되는 식탐에 대한 화자의 히스테리적 반응으로 대물림된
다. 아마도 작가는 믿기 힘들 정도로 유사한 역사의 반복을
이와 같은 플롯으로 보여주고 싶었던 듯하다.

굳이 차이를 발견하자면 초자아의 감시망이 느슨해지
는 순간이다. 가령 "인간의 감추어진 공격성은 식욕과 성욕
으로 나타난다지? 그럴 때 사람의 이빨은 무기가 된다는데
당신 술 마실 때 말이야, 음식을 먹어치움으로써 누군가에
대한 미움을 대신하는 거 아니야?"(99쪽)라는 남편의 진술

에 주목하면, 우리는 두 가지의 새로운 사실과 만나게 된다. 하나는 화자의 억압된 원망이 사실은 아슬아슬하게 구축된 방어기제 위해서 위태롭고 연약한 감정이라는 사실이다. 또 하나는 위태로운 방어기제의 근본적 이유가 사실은 노모에 대한 원망이 아니라 노모에 대한 공감과 이해의 영역을 향하고 있기 때문이라는 점이다. 다음의 인용 문장은 그 행간에 화자의 진짜 감정을 숨겨놓고 있다.

> "문 좀 열어 주시오. 곧 배가 끊긴단 말이오. 저 배를 타야 포르르 밥해서 고슬고슬한 그놈을 우리 새끼들 입에 넣어 줄 수 있단 말이요."
>
> 귀를 의심했다. 엄마의 입에서 나온 말은 분명 자신의 동생이나 오독오독 뜯어 죽일 어머니가 아닌, 새끼들이었다. 다음 순간
>
> "막배란 말이요. 저걸 타야 옥돌 같은 우리 동생 윤기 자르르한 밥 지어서 한 양푼 퍼주고, 부뚜막에 어머니 드릴 밥도 올릴 수 있소. 오독오독 뜯어 죽일 년…"
>
> 분명 엄마의 입에서 나온 말은 어머니였다. 오독오독 찢어 죽일 그년을 입에 달고 살면서 단 한 번도 뱉어내지 못한 어머니를 호명하고 있었다.
>
> 엄마의 뼈만 남은 앙상한 다리와 새의 날갯죽지처럼 움츠러든 어깨가 눈에 들어왔다. 어린 날 겪은 시국의

흔적들이 고스란히 박혀 있었다. 그 고통을 견디지 못해 휘이휘이 떠돌던 그녀가 한 줌 새처럼 앙상한 모습을 하고 있었다. 그녀는 굶는 행위를 통해 누군가에게 생애 마지막 메시지를 보내고 있는 듯했다. 나는 그녀가 마음에 두고 있는 수신자가 궁금했다.

엄마의 가녀린 어깨와 앙상한 다리를 지켜보면서 절대로 달려가서는 안 된다고 몇 번이고 혀를 깨물었다. – 「나무에 대한 예의」112~113쪽.

소설은 이야기의 끝에 이르러서야 화자의 감정을 가까스로 드러내 놓는다. 그러니까 노모의 앙상한 몸을 응시하면서 "절대로 달려가서는 안 된다고 몇 번이고 혀를 깨물"어야만 했다는 진술을 두고 하는 말이다. 해설의 초반부에 언급했던 바, 정미경의 소설은 이 부분에서 전작과 차별화된다.

잦은 가출의 목적은 다음과 같다. 어린 시절 떠나버린 어머니의 흔적을 찾기 위한 기행이었다는 점, 그때마다 그녀의 마음은 빈집에 남겨진 자식들을 향하고 있었다는 점, 원망과 미안함이 겹쳐져서 만든 그녀의 굶고 병든 신체는 기실 어머니를 호명하는 구조의 메시지였다는 점, 그렇게 자기연민을 전시하는 방식으로라도 원망과 결별하고 하얀 찔레꽃처럼 아름다운 순간으로 회귀하고 싶은 가녀린 희망의 몸짓이었다는 점. 그렇다면 노모의 행위는 과거 어머니의 행위와 표면적으로는 같을지라도 본질적으로는 달라진다. 전자가 회피라면 후자는 회귀를 지향한다. 또 전자는 국가 폭력을, 후자는 폭력이 남긴 상흔의 치유를 재연한다. 그래서 전자의 상황에 놓인 딸(노모)은 원망의 정서로 기울지만, 후자의 상황에 놓인 딸(화자)은 이해와 공감의 영역을 응시한다. 화자는 노모의 앙상한 몸을 '응시'하면서 이 사실을 모두 간파하고 있다. 노모만큼이나 앙상하고 가녀린 화자의 신체가 그 공감의 증거라고 할 수 있다. 다만 원망의 상흔이 남긴 마지막 자존심 같은 것이 그녀의 혀를 깨물게 하고 있을 뿐, 사실 그녀는 노모의 증상들이 웅크린 그 심급의 자리에 이미 달려가 있을 것이다.

5. 대리보충

「구멍」은 아픈 여자들의 스토리를 반복하면서 그 치유의 방향을 더욱 명확하게 드러내는 작품이라는 점에서 「나무」를 대리보충한다. 소설은 "한순간이었다. 엄마가 사라진 것은. 정말이지 감쪽같았다. … 나는 느닷없이 동생들을 돌봐야 하는 가장이 되었다. 그때 나는 가출 중이었다."(143쪽)라는 문장으로 시작된다. 이 작품에서도 화자의 엄마는 잦은 가출을 감행하고, 남겨진 어린 딸은 엄마의 부재 상황(구멍)이 남긴 원망의 감정에 노출되고, 동생들은 위태롭고, 화자 또한 가출을 감행하는 중이다. 엄마의 증상에는 과거 학창 시절 여순사건에 연루되어 "학생들에게 사회주의 사상 교육"(166쪽)을 시켰다는 누명을 쓰고 총살당한 음악 교사의 죽음이 놓여 있다. 억울한 죽음을 막아서지 못했던 과거 자신에 대한 자책과 모멸감은 이후 사후애도("거리에 은행잎이 마치 가로등처럼 노란 불빛을 터뜨릴 때쯤 엄마의 증상은 시작되었고 어김없이 음악 선생님 이야기를 들어야 했다.", 168~169쪽)와 책임 회피(가출)의 방식으로 반복된다. 그리고 남겨진 딸이자 당돌하고 씩씩해 보이는 이 작품의 어린 화자도 「나무」의 아픈 여성들과 마찬가지로 어린 동생들을 보살펴야만 했다.

화자가 마주하는 공포는 세 개의 구멍 이미지로 재현된다. 과거 학살이 자행된 학교 생활관 병풍 뒤에 있을 "총자국"(156쪽), 용희 어머니가 마련해 준 임시 거처의 "창호지에 뚫려 있는 구멍"(155쪽), 그리고 빛이 사라져버린 엄마의 "텅 비어 다만 두 개의 구멍으로 뚫려 있을 뿐인 눈동자"(170쪽)가 해당 구멍들이다. 생활관의 총구멍은 분리, 수감, 학살의 과정을 거친 역사의 블랙홀을 의미하며, 어머니의 텅 빈 눈동자는 역사적 트라우마가 개인의 정신에 남긴 외상의 구멍으로 읽힌다. 그리고 창호지의 문구멍은 성적 대상화되어 모멸적 수치(구멍 속을 들여다보던 어떤 눈동자)와 공격적 관음(창호지를 뚫고 들어오던 긴 철사)의 대상으로 전락한 연약한 주체들의 공포를 의미한다. 소설은 「나무」의 플롯을 답습함과 동시에 '구멍'의 이미지를 다각도로 벼려냄으로써 국가 폭력이 남긴 상처가 일상의 공간과 감각을 지배하고 있다는 점을 강조하고 있다. 그리고 더욱 중요한 지점은 「구멍」의 어린 화자가 이러한 공포의 구멍을 회피하지 않고 정면으로 응시한다는 것이다. 소설의 마지막에는 이런 말들이 진술된다.

> 아, 나는 엄마의 빛이 사라져 버린, 텅 비어 다만 두 개의 구멍으로 뚫려 있을 뿐인 눈동자를 인정하기로 했다. 적어도 엄마가 집을 나갈 때는 자신이 간절히 원하는 것을 찾아 나서는 것임이 틀림없을 것이기 때문이다. 그럴 때 엄마의 눈동자가 얼마나 생기에 차서 반짝이는지 아는 까닭이다.
>
> 나는 분연히 일어나 생활관을 향해 갔다.
>
> 아침에 나는 격자 창문의 구멍을 뚫고 들어온 철사를 대면한 이후 커튼을 대신하여 가려 놓았던 보자기를 걷었다. 동생들이 와아 탄성을 지르며 환해진 창문으로 달려가 손가락에 침을 묻혀 동시에 구멍을 뚫었다. 언니 이리와 봐 저기 꽃. 여동생을 따라 언니라고 부르는

막내와 여동생이 동시에 외쳤다. 나는 조금 더 위로 툭 구멍을 뚫었다. 거기 흙돌담 틈에 쑥부쟁이 한 무더기가 안녕안녕 하며 몸을 흔들고 있었다. 불현듯 엄마 생각이 났다. 역사적 현장에 있었던 저 쑥부쟁이 같고, 목련꽃 같고, 코스모스 같았던 소녀가 사선을 뚫고 살아나 한때 뜨겁게 가슴으로 품었던 선생님의 죽음을 목격하고, 그로 인해 평생 미행당하며 살았다. 그 삶을 어떻게 설명할 수 있을까. 총살을 당했다는 뚜렷한 근거가 없다 하여 신체적으로 외상이 없다 하여 상처가 없다고 할 수 있을까. 나는 지 새끼들 두고 홀연히 사라진 엄마를 용서하기로, 아니 온 가슴으로 안아 주기로 했다. ─「구멍」 170~171쪽.

「구멍」의 출발지점은 「나무」와 같지만, 도착지점은 노골적으로 분명한 소실점을 향하고 있다. 화자 '나'는 원망하지 않고 이해한다. 엄마의 가출을 인정한다. 그때 반짝이는 눈동자의 생기를 알고 있기 때문이다. 화자는 회피하지 않고 응시한다. 생활관의 커튼을 벗겨내고 창호지에 문구멍을 일부러 더 뚫어버림으로써, 자신의 위치를 능동성의 자리로 옮겨 놓는다.

6. 맹랑한 맹자, 당돌한 맹자들

당돌하고 맹랑한 '맹자'의 이야기를 빼놓을 수 없다. 「맹자야 제발 덕분에」는 군인과 산사람 사이에서 태극기와 인공기 사이에서 생존을 도모해야 했던 그 시절을 배경으로 어린 여성 화자인 '맹자'의 당돌찬 활약상을 보여준다. 산사람들의 강압에 의해 인민위원장이 되었던 맹자의 아버지는 군인들의 "총살"(47쪽)로 죽었다. 사범학교를 나와 교사를 하던 작은아버지도 사건에 연루되어 억울한 죽음을 당했다. 집에는 이제 여자들만 남았다. 귀한 두 아들을 모두 잃은 할머니, 고문 후 풀려 난 어머니와 작은어머니, 그리고 어린 언니와 맹자만이 남았다.

하지만 이 소설의 화자 맹자는 전혀 주눅 들지 않는다. 맹자는 산사람들이 내려오면 마을 사람들에게 사실을 알리는 "순직"(47쪽)을 자처했고(자칭 맹자는 산과 바위와 나무를 가리지 않고 날아다니는 "다람쥐 새끼"여서), 아버지와 작은아버지가 경찰에 끌려갔을 때에도 남자 어른들이 갇힌 곳을 수색했고(자칭 맹자는 "우등생"이기도 하여), 남자들이 모두 죽어나가는 판국에 여전히 젠더권력에 집착하는 무능력하기 짝이 없는 가문의 남성 어르신들과 가부장제의 수호자이자 집행자인 할머니로부터 어머니를 지켜내는 주체적 페미니스트이기도 하다. 한 번은 산사람들보다 빠르

게 '구산댁 아줌니' 집으로 달려가 소식을 전하기도 한 맹자
는 이런 소리도 들어야 했다.

> "좋은 일에 맹자 좀 내보내지 마소. 순경 군인들이
> 잠복을 해도 소용이 없는디, 아 그 사람들이 지서도 싹
> 꼬실라분 사람들 아니라고. 순경 군인들도 무서운께 해
> 떨어지기 전에 도망가 버린디 도토리 같은 것이 뭘 허겠
> 다고 난리여. 겁도 없단께. 사립문도 꼭꼭 걸어둔디 담
> 넘어갖고 포릉포릉 나무고 지붕이고 타고 다닌께 막을
> 도리가 없어. 그냥 이불 속에서 나오도 못 허고, 고함도
> 못 지르고, 사람 죽겄어." ……
> "맹자 저것은 생긴 것은 째깐하고 빼빼하고 그래도
> 오지랖이 넓단께. 마을 사람들을 생각하는 맴은 눈물나
> 게 고맙지만 시국이 요런께, 조심시켜야 안 쓰겄는가."
> – 「맹자야 제발 덕분에」, 66~67쪽.

구산댁 아줌니는 맹자의 "포릉포릉"을 걱정했고, 할머
니는 맹자가 "머리가 좋은 것을 늘 걱정했다."(58쪽) 할머
니는 집안 여자 누구도 혼자서 밖에 나가는 것을 허용하지
않았다. 하지만 우리의 맹자는 아랑곳하지 않고 마을을 지
키며 남자 어른들이 끌려간 곳을 찾는 일에 열중이다. "어
머니와 언니는 약하"(58쪽)지만 맹자는 당돌하고 강하다.

「맹자야 제발 덕분에」의 화자 맹자는 사건을 회피하지 않고 응시하는 주체라는 점에서 「구멍」의 화자와 닮았다. 이들은 사건의 증언자이며 진실을 추적하는 연구자의 전신이다. 여기에 맹자는 한 걸음 더 나아가 슬퍼하지 않으며 원망하지도 않으며 당시의 상황을 명확하게 보고 듣고 기록한다. 이러한 지점은 「고요한 일」이 던지는 질문, 그러니까 '과연 객관적일 수 있는가'라는 질문에 담긴 우려를 불식시킨다는 점에서 의미가 있다.

소설의 말미에서 맹자는 교사였던 작은어머니로부터 '붓'을 물려받는다. 아버지가 사범대학에 가는 작은아버지에게 주었던 이 붓은 무너진 집안을 일으킬 인물로 지목되었다는 뜻이기도 하지만, 젠더와 이데올로기를 초월한 관찰자이자 증언자이자 이야기꾼으로서의 미래를 지시한다는 의미가 더 강해 보인다.

나는 붓을 물려받은 어린 맹자에게서 70여 년 후 생존자들을 만나고, 그들에게 증언을 듣고, 그 증언을 채록하고, 이를 기록하고, 기록을 픽션으로 재구성해 역사의 성좌를 그리는 미래의 어떤 인물을 상상한다. 그가 누구인지는 생략해도 될 듯하다. 그는 이미 자신의 지속적 작업으로 그 붓의 가치를 증명하고 있다. 시간이 흐른 후에도 여전히 당돌하고 주눅 들지 않을 것 같은 맹자는 자신의 글로 국가 폭력이 남긴 상흔의 정동을 공감과 이해의 영역으로 이동시키고 있을 것만 같다.

마음이 가지런하지 못하면 하는 일 또한 그러하다. 가지런하지 못한 상태에서 하는 일은 다 헛것이다.

소설집 출간을 앞두고 많이 망설였다. 실린 글들의 절반이 열에 들떠 쓴 작품들인 까닭이다.

지난 5년여 동안 10·19사건 증언 채록을 하면서 100여 분의 유족들을 인터뷰했다. 구술 채록 진행을 맡아 연구원들이 채록한 것까지 일일이 검토한 뒤 보고서를 인쇄, 기관에 제출하는 일을 책임졌다. 그렇게 간접적으로 접한 유족들까지 하면 내가 만난 분들은 600여 분에 이른다.

첫 작품집을 낼 때 10·19사건 피해자와 그 후손들이 겪는 고통을 세상에 알려야 한다는 소명 의식에 사로잡혀 소설의 문법 혹은 미학에 대해서 간단히 눈감기로 했었다. 이후 나는 단 한 줄의 소설도 쓸 수 없었다. 어떻게 써야 하는가 하는 소설적 고민에서 한 발짝도 나아가지 못했다.

연구소에 있다 보면 이 사건에 대한 새로운 사실들과 문제들을 직면하게 된다. 주변에서 이런 소설을 써봐라, 이 것은 꼭 써달라 하는 권유를 받는다. 그때마다 혹하여 귀를 기울이다 보니 욕심이 차오르고 계획이 원대해지며 마음이 조급해졌다. 딱 3년 만 10·19를 떠나 촘촘히 공부하기로 하 고 쓰던 것을 접은 채 예전에 써둔, 먼지 잔뜩 뒤집어쓴 장 편을 펼쳐 들었다.

이상한 일이었다. 인터뷰했던 유족분들이 한 분 두 분 세상을 떴다는 소식을 접하면서 그들과 못다 한 이야기가 있는 듯하고 무언가 빚을 진 듯한 기분에 사로잡혔다.

이 소설들은 휴지기로 정한 지난 3년간 애써 외면하면 서도 슬쩍슬쩍 곁눈질하는, 그 사이에서 쓰여졌다. 그것은 나름의 나의 소설 쓰기에 대한 탐색의 과정이며 지금도 진 행 중에 있다.

가야 할 길이 멀다. 마음을 가지런히 할 일이다.

2025년 12월
해원 정미경

맹자야 제발 덕분에 정미경 소설집

초판1쇄 찍은 날 | 2025년 12월 19일
초판1쇄 펴낸 날 | 2025년 12월 26일

지은이 | 정미경
펴낸이 | 송광룡
펴낸곳 | 문학들
등록 | 2005년 8월 24일 제 2005 1−2호
주소 | 61489 광주광역시 동구 천변우로 487(학동) 2층
전화 | 062−651−6968
팩스 | 062−651−9690
전자우편 | munhakdle@daum.net
블로그 | blog.naver.com/munhakdlesimmian
값 16,000원

ISBN 979−11−94544−25−8   03810

· 이 책은 순천시, 순천문화재단 의 지원을 받아 발간되었습니다.